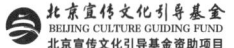

北京宣传文化引导基金
BEIJING CULTURE GUIDING FUND
北京宣传文化引导基金资助项目

苏南 著

Birthmark

胎记

北 京 出 版 集 团
北京十月文艺出版社

图书在版编目 (CIP) 数据

胎记 / 苏南著. — 北京：北京十月文艺出版社，2024.8
ISBN 978-7-5302-2371-0

Ⅰ. ①胎… Ⅱ. ①苏… Ⅲ. ①散文集—中国—当代 Ⅳ. ①I267

中国国家版本馆 CIP 数据核字 (2024) 第 056303 号

胎记
TAIJI
苏南 著

出 版	北京出版集团	
	北京十月文艺出版社	
地 址	北京北三环中路 6 号	
邮 编	100120	
网 址	www.bph.com.cn	
发 行	新经典发行有限公司	
	电话 010-68423599	
经 销	新华书店	
印 刷	河北鹏润印刷有限公司	
版 次	2024 年 8 月第 1 版	
印 次	2024 年 8 月第 1 次印刷	
开 本	850 毫米 ×1168 毫米 1/32	
印 张	5.75	
字 数	95 千字	
书 号	ISBN 978-7-5302-2371-0	
定 价	45.00 元	

如有印装质量问题，由本社负责调换
质量监督电话 010-58572393

版权所有，未经书面许可，不得转载、复制、翻印，违者必究。

目 录

001　胎记

025　荆棘的种子

049　狩猎

069　吃月光的鱼

087　奔跑的月亮

099　无人经过的森林

119　忍冬

137　被庇护的时光

157　失踪者

169　童年的江湖

胎记

一

从那以后，我再也没有见过她。那些隐秘而陌生的瞬间，随着时间的流逝而烟消云散。在很长的一段时间里，家人对她的存在和离去，心照不宣地保持缄默，仿佛她的出现只是为了在这个冷漠的家里走一遭，然后就尘归尘，土归土。一切都只是幻觉。所有人都不再提起她，甚至连仇人也放弃把这件事作为攻击我们家的把柄。一个人就这样消失了。

她是否健康长大？她快乐吗？那家人对她好吗？她知道自己的身世吗？改变她人生轨迹的胎记是否已经消失？这些疑问因为没有确切的答案，最终和她一起下落不明，成为一个个模糊的无法辨认的梦境。

我的母亲，一个把生儿子当成毕生事业的女人，却总是生女儿。我出生后，她给我取名"赛男"，以此来弥补我性别上的遗憾。"我们把你当成儿子养的。"这是她对我最常说的话。

当年，通过我的名字，她就已经使自己成为一个自欺欺人的、重男轻女的母亲。尽管多年来她一直将自己伪装成更喜欢女儿的母亲，并多次在大庭广众之下宣称女儿比儿子更贴心，但我的名字就已让她的心思昭然若揭。

自我懂事起，她便经常询问我："再给你生个弟弟，好不好？"她问这话时，总是陡然在"弟弟"一词上拔高了声音，因此这话听起来便有着咬牙切齿的决绝。她并不是真的在征询我的意见，只是通过这种方式给我打预防针。因此，我的童年一直处于恐慌状态。当我渐渐理解我名字的含义和来源时，便羞于向别人提起。我害怕别人通过名字揣测出我并非父母所期盼的孩子。

就在去年，四十四岁的母亲第四次怀孕，她在电话里坚定而理直气壮地说："如果是个女孩就打掉，是男孩就生下来。"似乎四妹早已知道自己将要面临的残酷结局，不等母亲去做孕检，就自行做了了断。四妹是幸运的。知道自己不被期待，也就不抱任何幻想。

而三妹呢？自她出生起，我只见过她一面，她就消失在人群里。从此，"三妹"不再是血脉相连的亲人，而是一个冷漠的名词，一个把我的心碾得血肉模糊的称呼。她消失在下落不明的生活中，成为一个模糊的梦境。

站在堂屋中间的她号啕大哭，眼泪像决堤的洪水倾泻而出。下午的阳光从门外斜射进来，飞舞的尘埃形成一个立体的光柱，哭泣的她就站在光柱中间。她的两边是正被怒火冲昏头脑的父母。他们相互威胁、攻击、咒骂、厮打，用尽世间一切锋利的话语和恶毒的诅咒，试图一招击倒对方。他们早已熟知对方的所有弱点和一切不为人知的隐痛。此刻，这些弱点和隐痛都已成为相互攻击的利刃。那些伤人的话，犹如一把把锋利的刀子，捅进去再拔出来，顷刻间，双方就已鲜血淋漓。你以为这样就结束了？不，他们还要在对方的伤口上撒一把盐，直到分出胜负为止。

没有人管三妹，任凭她嗓子嘶哑，涕泪横流。他们面目狰狞，唾沫横飞，言辞凶狠而激烈。杯子在阳光的斜照下泛起一道道金光，在空中划出一道道美丽的弧线，最终在三妹的脚旁四分五裂，盛开成一朵朵破碎的花；紧接着是飞起的椅子和盘子……她睁大眼睛迷茫地望着他们。

他们终于打累了，这才想起三妹。那个小小的姑娘，为了躲避他们攻击对方的凶器而藏身于桌底。此时的她，已经疲倦地睡着了。母亲从桌子底下抱起她，给她洗漱。她从母亲粗鲁的双手中醒来，只觉得脸上的皮肤火辣辣的疼。母亲手里的毛巾恶狠狠地擦拭着她的脸颊，好像她面对的是一个随时准备暗算她的敌人。母亲的啜泣声仿佛从一个酸菜坛子里传来，空气中弥漫着一种腐烂的气味，那声音在空荡荡的坛子里回响，空旷而持久。父亲依旧斜靠在椅子上。椅背因为常年的抚摸而变得光滑透亮，他的眼睛里还聚集着怒气，仿佛一头随时准备扑上前撕咬的狮子，只等那根导火线引爆。

这样的战争持续多年。三妹在父母的战争中被自动忽略。偶尔，三妹的不幸遭遇也会成为他们攻击彼此的把柄。懵懵懂懂的三妹以为是自己引发的战争。她感到自责、恐慌，父母近乎仇人般地对她不幸遭遇的相互指责，像一个个噩梦，永远刻在她心里，让她越发自卑。她慢慢长大，渐渐懂事，有了新的用途。战争结束后，父亲向三妹倾诉他的不易和委屈，母亲也把自己的伤口展示给她看。所有激烈的攻击，仿佛只是一个委屈和不幸的展览馆，而孩子是展览馆里唯一的观众。他们要求三妹欣赏伤口，给予安慰，甚至强迫三妹在硝烟弥漫的战争中站队。他们以争取到三妹为荣，试图和她结成同盟，排挤对方。而没有争取到三妹的那个，总是把"白眼狼"这顶帽子扣在她头上。没有人意识到她还是个孩子，没有人知道她内心的迷茫和无奈，更没有人教她怎样辨别是非。他们向来擅长相互诋毁，把所谓的真相朝有利于自己的一方描述并放大，却对自己的过失闭口不提。

他们也有恩爱的时候，但更像是在舞台上表演，转瞬即逝。

我睁开眼，三妹的哭泣和迷茫便终止了。这一切只是个梦境，梦境里的女孩是我，是二妹，也是三妹，不过是我曾经经历过的无数个细碎片段中的一个。很多时候我感到庆幸，庆幸三妹没有在这个家庭成长，没有目睹这个家庭声嘶力竭、硝烟弥漫的场景。可很多时候，我又忍不住为她担忧，她的生活会是什么样的呢？会不会是从一个火坑跌入到另一个火坑，在别的家庭重复着这样的经历？她是否也会如年幼的我那样迷茫、无奈？

很多时候，我会忘记自己有两个妹妹。我的父母呢，在半夜惊醒时，是否会想起那个被他们一次次遗弃的小女儿？

每每想起他们，我总有抱头痛哭的冲动，总有一种难以言说的悲哀和愤怒将我紧紧裹挟。我恨他们重男轻女，恨他们不负责任，恨他们总是采取粗暴、打击、侮辱的方式对待我们，恨他们轻而易举地扬起语言的刀刃切割我们的自尊，连皮带骨般地削切我们的意志。许多年来，我在母亲粗暴的语言和响亮的耳光里生存，在父亲不容置喙的否定和蔑视的目光中寻找出路，在战争的夹缝中求生。很多次，我在他们的怒骂中，强忍住眼泪，不顾一切地逃离，然而我逃离的终点总是止步于屋后一座无人经过的山丘。年少时，我最大的梦想就是离开家,走得越远越好,再也不回来,因此,我总是做着随时离开的准备。后来,遇到一个可以带我逃离那个家的人,我便飞蛾扑火般地跟他一起离开。

二妹似乎比我略幸运一点,她得到母亲毫无缘由的疼爱,但这疼爱并不能弥补二妹不是儿子的遗憾。成年后,我终于明白,在他们眼中,身为女子是不可饶恕的原罪。儿子,才是他们期盼的继承者。

很多次从梦中哭着醒来。我告诫自己,"我们都是他们的孩子,他们一定是爱我们的"。然而,这些话并不能安慰自己。总有彻骨的寒意将我包围。

或许我所知道的并不是全部的真相,抑或是这一切不过是我心怀叵测的猜疑。但这些都不重要。我仅有的不过是一个和我血脉相连的妹妹,在这个冷漠的尘世被亲生父母一次次遗弃。

这是她的命运,也是我曾经的命运。

二

我曾遵从父亲的命令,为三妹取过一个名字。

那是在三妹出生两个月后——那时,她已不是我们家的一员。父亲态度强硬地要求我发短信给陈阿姨,询问他们是否已为三妹取名。当得到否定的答案时，他的脸上镀上了一层红色的光晕。

他端坐在餐桌前，严肃地向我下达命令：给你三妹取个名字，把我的姓放进去。说完，他就开始喝酒。屋前黛青色的山脉绵延向前，远远地可以看到一片红色的水杉，像火一样疯狂地燃烧，仿佛无数个黄昏把葱茏的绿色釉彩砸碎，刷上一层火红的油漆，以此来遮盖森林漆黑的本色。夕阳已沉到山的那一边。山顶上笼罩着一片炽热的光亮，落光了叶子的树被残余的光线照得发白，仿佛沉浸在虚无的往事里。未曾装修过的房子，因为久未清理已越来越荒废。发霉的墙面被黄昏打磨得幽暗而潮湿，房间里弥漫的酒香里掺杂着一丝燃烧的松树枝叶的味道。

火炉上的水壶里散发出浓浓的酒香，仿佛指甲花的蒴果忽然爆裂，无数粒小种子向远方发射。琥珀色的黄酒在白瓷碗里冒着腾腾热气。父亲闭着眼，沉浸在酒香里，他的脸被酒熏得更红了。

思虑良久后，我为三妹取名为：昝晨洲。我向父亲解释，晨是陈阿姨姓的谐音，晨是早晨，代表着新生和开始。洲是周的谐音，水中陆地的意思，代表坚持自己，不随波逐流。

父亲和母亲对这个名字都颇为满意，在口中念叨了好几遍。父亲让我把名字和解释都发给陈阿姨,并信心满满地说,他们是知书达理的人家,一定会同意取这个名字的。

父亲焦急地等待着,每隔几分钟便询问我是否有回音。然而,他的期待像一个美妙的梦境,最终化为泡影。父亲得意的神色变得苦涩,额头上的皱纹也变得更深了,松弛的脸庞像被按在稀释的墨水里泡过。接着,他开始埋怨我:"都是你取的名字不好,他们才不用。"我沉默着听他抱怨,不敢说话。因为我知道,不管我此时说什么都是错误的,只会引来他更重的怒气。在我俯首帖耳的长久沉默下,他的怒气渐渐平复。

母亲提着一篮菜回来。门被忽然撞开,冬日慵懒的阳光从门外倾斜着走进屋里。幽暗的屋子一下子明亮起来。那把几天前才被摔断靠背的椅子,孤单地立在墙边。

母亲在厨房里喊父亲,让他去打桶水。父亲闭着眼一动也不动地瘫坐在沙发上,似在回味酒的香醇,又似还未从失去三妹命名权的打击中回过神来。母亲沉默了片刻,忽然发怒,把水桶嘭的一声扔出厨房。战争再次开始,两个人都愤愤不平地相互埋怨,从提水一事吵到为三妹取名的事。杯子、水壶、火钳、椅子……满天飞。

他们歇斯底里,声震屋宇。

我感到全身无力,像在大火中煎熬,五脏六腑都在剧烈地颤抖,从手指到膝盖都疲软起来,像醉酒一般身不由己。年仅四岁的二妹瞪着惊恐的双眼,眼泪在她稚嫩的脸上留下一道道深浅不一的痕迹。她冲进战场,试图分开两人,然而只是徒劳。她尖厉的哭喊声在屋子里盘旋,在村庄上空盘旋:"爸爸——不要打了。""妈妈——不要打了。"被愤怒和委屈包围的两个人,完全听不到二妹的乞求。我感觉有把匕首插进了我的喉咙。我发不出一点声音。我看着窗外,仿佛置身于另一个世界,所有萦绕在耳边的争吵、打斗、哭喊都渐渐远离。门前的河岸上布满巨大的石头。清而浅的河水缓缓地向前流动。连绵的山脉向远方延伸,一望无际。湖蓝色的天空把山脉衬得棱角分明……

打斗声终于停止,二妹的哭声也渐渐弱了。匕首终于被我从喉咙里拔出。我背起二妹沿着公路向前奔跑。那个称为家的地方被我甩在身后,越来越远……

我一次又一次沿着公路向前奔跑,仿佛脚下的路没有尽头,我再也不用回到那栋房子里。在这种情景剧中,我们总是被忽视。这么多年来,因目睹他们无穷无尽的战争,我早已麻木。而二妹,终有一天也会习惯这一切的,将来面对这种情景,她也会冷漠地置身事外,像我一样专心致志地看着窗外的风景。她会清楚地记得窗外景物的细微变化，会记得不同时刻的光线是怎样投射在山峦间，甚至还会记得河里的流水在不同的季节发出怎样的声响。

也许，三妹是幸运的，不用面对这样的风景，不用清楚地记得窗外的景物发生的细微变化，不用面对这种痛苦的煎熬。

是的，三妹是幸运的。我坚定了这个想法。她幸运地在出生后的第三天被亲生父母遗弃，从此不用再经历这样的心路历程：害怕—恐慌—理解—试图改变—有心无力—习惯—麻木。只是很多时候，我还是忍不住想要替我的妹妹们问问父母：既然不期待我们的降临，为何又把我们带到这个世上？既然在一起只是永无休止的战争，为何不放彼此一条生路？

三妹的命运，早已露出端倪，尽管那时她还在母亲的腹中。

在怀孕四个月时，母亲便迫不及待地向医生打探腹中孩子的性别。当她得知是个女儿时，便已下定决心舍弃她。这个想法，她曾在电话里和六姨探讨过。而母亲怀孕的消息，正是六姨告诉我的。那时我正念高中，父母都在山东打工，而我还没有一部属于自己的手机。六姨的原话是这样说的：赛男，你妈要给你生个弟弟了。

六姨语气平静，像在聊一件极其平常的事，没有丝毫波动。她只是代替母亲通知我。我当时是什么感觉呢？

真好，他们多年来的心愿要达成了。

他们就要有儿子了。

不久后，我在六姨和母亲的通话中，听说母亲要去请中医号脉鉴定胎儿性别，要去做人流手术。可是母亲最终没有流产。因为做手术前夕，她和父亲大吵了一架，那天本该陪母亲去做手术的父亲在外面打了一天麻将。恼怒的母亲，决定生下腹中的孩子。

父亲抱着什么样的心态打了一天的麻将？他为什么没有陪母亲去做手术，只是因为和母亲赌气吗？这些问题的答案，我永远也不会知道。

三妹，一个从一开始就不被父母所期待的女儿，就这样来到这个尘世。她一定没有想到，她的命运会是这样。在她出生的第三天，洗三刚结束，还没好好看看爸爸妈妈，还没有见过她的两个姐姐，就被一个陌生的女人抱走了。而这个女人，就是她的第一任养母——陈阿姨。陈阿姨是母亲央求大舅妈联系的。陈阿姨和丈夫育有一子，孩子患有先天性遗传心脏病，没几年便夭折了。此后，夫妻二人再也不敢生养。

三妹被父亲亲手交予他人，离开了这个冷漠的家庭。

母亲说，你陈阿姨有过孩子，更懂得疼孩子。

父亲说，他们有体面的工作，家庭条件也还不错，跟着他们生活总比跟着我们吃苦好。

三

我见过三妹一次，也是唯一的一次。

那年冬天，出了车祸的小舅在市里住院，母亲要去照顾他。出发的那天正好是周六，学校放假。因为离家太远，我平时住在学校，两三个月才回一次。前一天晚上，母亲在电话里约我第二天一起吃早餐。

我赶到车站时，母亲还没到。几分钟过后，班车终于来了。车上的人都下了车，却不见母亲的踪影。我正准备打电话给她时，却见到她抱着一个婴儿下车了。

我问母亲，她是谁？

母亲十分冷淡地回答，你三妹。接着又颇为气愤地说，昝家不要，给送了回来。

我愣了一下，从母亲怀里接过三妹，这才开始仔细地端详她。她已经一岁两个月了。自她出生以来，这是我第一次见到她。她的皮肤滑嫩，但却和我一样继承了父亲的暗黄肤色，像是纠缠在夜晚的回忆中，没有光泽。她黯淡的左脸上有一块青色胎记。

我知道这块胎记,是在三妹出生半年后长的,刚开始长在额头上,只有小手指大,没过多久就覆盖了半个脸庞。暑假时,陈阿姨曾为此事特意打电话给母亲,询问是否有遗传因素。虽然我早就知道这块胎记,但还是吓了一跳。那块胎记以鼻子为界线,从额头一直延伸到脸颊上。

三妹的眼睛红红的,像经过了很长时间的哭泣,眼睫毛粘着淡黄色的眼屎。她穿着二妹的旧衣服,原本粉色的套装已被洗得发白,而且显得过于肥大。因此,母亲把她的袖子和裤腿都挽了起来。

她的眼睛怎么回事?

红眼病。

弄药了吗?

还没。母亲显得有些不耐烦。我没再多问,抱着三妹出了车站。三妹趴在我的怀里,手一直不停地抓我的头发。她还不会说话,只长出了几颗乳牙——具体是几颗,早已无迹可寻。我们在餐馆里坐下,三妹被我抱在腿上。她静坐了一会儿,开始不安分地扭动身体,时不时去抠我的手。她的指甲有点长,应该有段时间没剪了。不一会儿,我的手上就出现了好几道抓痕。

用餐的食客对三妹投来异样的眼光,有人询问母亲:"小孩脸上是怎么回事?"母亲一改往日和陌生人攀谈的习惯,只是埋着头大口吃面,不发一言。询问者有些尴尬,却依旧盯着三妹的脸。母亲匆匆吃了几筷子面,就搁下筷子催我离开。

这是我唯一一次见到三妹。来去匆匆,前后不超过半小时。这么多年来,她不止一次地出现在我的梦境里,可我始终想不起她的确切样貌,只记得那块青色的胎记,红红的眼睛,洗得发白的旧衣裳。

后来,我询问二妹,才得知三妹被送回家已经有一段时间了,只是父母命令她不许告诉我,因此才得以隐瞒。

三妹被她的养母送回,其实早在半年前就已有征兆。

陈阿姨在半年前就给我打过电话,言辞间对父母非常不满。

他们隔三岔五地打电话给陈阿姨,询问三妹的日常起居,话语中或多或少地流露出对三妹的挂念和不放心。刚开始时,陈阿姨还十分乐意与父母聊天,但父母没有时间观念,经常晚上九十点或早晨六七点打电话,陈阿姨渐渐地就不太愿意接电话了。这种不分时间的电话已经严重干扰到陈阿姨一家的正常生活,成为一种负担。更重要的是,父母对三妹的过度关心,让她产生了一种孩子只是暂时寄养在她家的危机感。

就在去年冬天,我忽然得知一件令我无比震惊的事。

三妹被陈阿姨送回家时，表妹和六姨恰好在我家。据表妹说，三妹被送回的部分原因，可能是母亲在电话里向陈阿姨提起了那笔钱的事。

父亲把三妹交给陈阿姨时，为了弥补心中的愧疚，没有跟母亲商量，就自作主张地给陈阿姨塞了三千块钱，请求她一定要好好抚养三妹。父亲打算将这件事隐瞒下去，却在一次醉酒后不小心暴露了。从此，母亲给陈阿姨打电话时，便时不时地提起这笔钱。那三千块钱，陈阿姨当初并不想接受，然而父亲态度坚决，她推却不了，只好收下。此后在与母亲的通话里，她曾多次表示要将那笔钱还回来，却又被母亲拒绝了。母亲为何多次提起那笔钱？

如果不是因为这个，事情又会是什么结局呢？

也许最重要的是，三妹脸上的那块大大的青色胎记，让她的整张脸显得丑陋不堪。三妹，并不是他们想要的安琪儿。

父母没有料到三妹会被送回。他们原本还算是轻松愉快的心情，一下子跌到谷底。三妹被送人时，他们就已经被议论纷纷，现在被送回，加上脸上那块青色的胎记，村邻们就更有谈资了。小镇上，这样的事情一向被广为传播，比风暴更加猛烈，比瘟疫传染得更迅速。村邻们闪烁的言辞，嘲讽的目光，不断试探的态度，让父母觉得十分丢脸。

多年后,母亲这样对我说:"我觉得耻辱,我和你爸出门都抬不起头。"

四

"你三妹注定不孝,她一出生就背对着我。"某个黄昏,屋后山脉的轮廓逐渐模糊,远远望去,仿佛整座山都陷入了某种恍惚的回忆之中。我和母亲站在院子里,看着山峦被光线一口口吞没,母亲忽然开口。昏暗的光线遮住了母亲脸上的表情,并为她的回忆提供了掩护。

母亲说这话时,已经是第二次抛弃三妹了。她说完话就进屋去了,仿佛她刚刚什么也没说过一般。

三妹被送回家两个多月后,又被送了人。这次,三妹被送到了邻市。那户人家是父亲请求三伯帮忙联系的,离三伯家不是太远,夫妻俩都是老实巴交的庄稼人,年过不惑仍未生育。

这次,三妹是被母亲亲手交到那家人手里的。

父亲和母亲,分别亲手将自己的骨肉送给别人,一人一次,这很公平。这下,他们再也不用在争吵中骂对方心狠了。

前几年，母亲曾多次提及一件事：以后给她一笔钱，让她做个激光手术把胎记去掉。她，自然是指三妹。几年过去，这话说得越来越少，终于不再提起。当亲戚们偶尔提起三妹时，父亲和母亲也没有什么反应了。

他们爱过三妹吗？

应该爱过吧。父亲当年给的那三千块钱，醉酒后突然生起的愧疚，母亲在月子里流过的眼泪，提议给一笔钱做激光手术，都能证明。但这些少得可怜的爱，并不足以改变他们一次又一次抛弃三妹的决心。

因为她是个女孩，因为她上面已经有了两个姐姐，所以她的出生在父母眼里也就显得多余了。那么，假如没有我和二妹，三妹的命运会不会不一样？假如她是个男孩，那么一切是不是都可以推倒重来？假如三妹脸上没有那块青色的胎记，父母会不会将她留下？

不，即使没有我和二妹，三妹的命运恐怕也难以改变。

五

我试图从祖辈身上找到一切问题的源头。

我的祖父是一个独断专行、脾气暴躁、性格偏激的人。父亲是祖父最疼爱的小儿子。尚未成年的父亲因不满祖父偏激暴躁的性格，就一次又一次挑战祖父的权威。无数次的明争暗斗后，祖父像只落败的公鸡，不得不从当家人的荣光中黯然退场，把他主管家政的大权拱手相让。

父亲不仅从祖父那里继承了家政大权，还完美地继承了祖父独断专行、偏激的性格和暴躁的脾气。

我五岁那年，与母亲吵架后的父亲，一气之下竟趁着我和母亲在屋里午睡时将门锁起来。他已处心积虑地在卧室的床下放了火药，导火线一直延伸到屋外。他冷静地点燃了导火线。我从梦中惊醒时，导火线已嗞嗞燃到床前，我急忙叫醒母亲。她也束手无策，只能眼睁睁地看着导火线继续燃烧。幸运的是，父亲自制的火药配方不对，并未爆炸。当我从门缝里爬出来时，父亲早已不见踪影。我站在门外哭喊着救火，祖父母和邻居匆匆赶来，搭梯子，提水，一场火灾才得以化解。很多年后，当我看到那块曾被火药烧得只剩半边的粉红色蚊帐时，仍然心有余悸。

而我的母亲，她重男轻女的思想，强烈的掌控欲，简直和外婆如出一辙。

在我怀孕时，母亲曾多次要求我找熟人去做性别鉴定，刚开始时我支支吾吾不愿与她发生冲突，谁知她越发肆无忌惮。我明确地表示拒绝后,她态度大变。在我怀孕九个月时,胎心忽然停了,不得不引产。在我做完手术的第二天早晨,母亲竟在电话里一再追问:是男孩还是女孩?当她得知是男孩时,连连叹气:好可惜,好可惜。好像如果是个女儿,她的命运就应当如此。

母亲是外婆最小的孩子,母亲上面还有两个哥哥、六个姐姐。我的三姨一出生,外婆便给她取名为"改娃",外婆希望她的下一胎能够通过三姨的名字改变性别。遗憾的是,三姨的这个名字并没有什么作用。而三姨,在她出生后不久,随即被外婆送了人。五姨的出生又一次打破了外婆的希望。当外婆得知五姨是个女孩时,竟毫不犹豫地将五姨溺在尿桶里。寒冬腊月的天气,五姨被冻得浑身乌青。外出归来的外公,立即将五姨捞起,焐热,五姨这才得以长大……

作为外婆最小的孩子,母亲自然也是极受疼爱的,但所有的疼爱都有一个前提,即她不能和小舅发生任何利益冲突。在两个孩子发生矛盾时,外婆总是毫无原则地偏站在小舅一边。即使姨妈们先后出嫁了,这种情况依然没有任何改变。可笑的是,姨妈们都变成了"扶弟魔"。母亲刚开始对姐姐们的行为颇有微词,渐渐地也就麻木了。最后,她从反抗者变成了拥护者。

八岁时,母亲带着我回娘家过端午节。我和表哥表妹玩耍。表哥用火柴点燃一个塑料瓶，然后飞快地把燃烧的塑料瓶倒扣在我腿上。塑料瓶刺啦一声响，燃烧的火焰迅速熄灭，冒出一股白烟。我的腿立时散发出一股烧焦的味道。塑料瓶依旧紧紧地黏在我的腿上。钻心的疼痛，让我满地打滚。母亲从屋里出来，喝令我不许发出哭声。但那一刻，我只想借助歇斯底里的哭喊缓解疼痛。哪里想到，母亲竟粗暴地甩了我两记耳光。她把责任都推到我身上，表哥没有受到任何惩罚和批评。

十九年后，偶尔看到腿上被灼烧的印迹和母亲说起此事，她竟丝毫不觉得她做错了什么。我抱怨了几句，母亲十分委屈且不耐烦地说，你到底要我怎样，哪个孩子不挨打？

我感到心寒。这个在我受伤时甩我耳光毫不手软的女人，这个在十几年后也没有生出半点愧疚之心的女人，真的是我的母亲吗？如果她是我的母亲，那她为什么无视我的痛苦？如果我是男孩，当时她会保护我吗？她对我的态度是不是会温柔一些？

母亲曾极力想安排我的人生。她早已给我的人生做好规划，包括我将来从事什么样的工作，与什么样的人结婚（她和父亲要求男方必须入赘），生几个男孩。他们似乎并不明白，我并不是他们的附属品，我有自己的思想，自己的人生。

大学毕业后不久,男友向我求婚,为了永远地离开他们,离开那个我讨厌的家,我当机立断决定和他结婚。婚礼前夕,我才通知他们。这是早有预谋的。我要让他们猝不及防,要他们来不及做出任何反应,来不及提出无数苛刻的条件以阻止我远嫁。我太了解他们了。这样做的后果,是父母拒绝参加我的婚礼。

婚后不久,老家公开招聘一批教师,母亲在电话里一再要求我回去参加考试,话里话外竟流露出让我离婚的意思。

父母对孩子的影响是巨大的。最初,孩子都是将父母当作参照物,模仿他们的一言一行。当年岁渐长,孩子有了独立思想,才开始反抗。可是为什么我的父亲母亲都曾努力对抗过,最终却成了祖父和外婆的复制品?

将来我是不是也会变成母亲或父亲那样的人?我不知道。

六

"你知道三妹的下落吗?"

夜半时分,躺在床上玩手机的表妹忽然侧过脸冷不丁地向我打探。三妹,这个象征着隐秘、复杂以及一些其他含义的词,已有多年不被人提起。

这么多年来,我始终想不起三妹的确切相貌。她不止一次地出现在我的梦里,可一觉醒来,只剩下一块青色的胎记。家里没有她的照片。所有能让我想起她的东西,都不翼而飞。

因此,三妹的出生也就形迹可疑了。我真的有这么一个妹妹吗?为何我对她的出生竟没有一点印象?为何没有人提起她?三妹是否只是我的一个幻觉,或者只是记忆深处的一个暗示?

这些接踵而来的疑问和自我怀疑,还有亲人眼睛里一直闪烁着的冷漠和麻木,让我恐慌不已。在被尘埃淹没的漫长岁月里,那些疑问和自我怀疑,那些闪烁其词的冷漠和麻木,一直缠绕着我,让我无法正常审视过去。

那最初如削骨扒皮般的疼痛,已渐行渐远……

我开始害怕,有一天我也会和他们一样无动于衷。

荆棘的种子

一个人，不能永远在胸中养着一条毒蛇；不能夜夜起身，在灵魂的园子里栽种荆棘。

——王尔德

一

"憋回去，不许哭！"这句话像一把闪烁着凛冽寒光的匕首，贯穿了我的整个童年和青春期。每当我无法控制自己的眼泪时，眼前便浮现出母亲说这句话时的样子——眉毛高高扬起，眼神里充斥着愤恨、不屑。我的喉咙里塞满了棉花，哭声在嗓子里打了个转儿，化作断断续续的呜咽。

我的童年似乎特别漫长。父母在我年幼时就已外出打工，祖母抚养我长大。再后来，我辗转于各个亲戚家，寄人篱下的日子虽然说不上受尽委屈，但总是小心翼翼。那时候,我常常忘记母亲的声音,即便她的声音在电话那端显得异常亲热,可在电话这头的我,总是她问什么我答什么,或者干脆保持沉默。电话挂断后,我想不起她在电话里都说了些什么。有时候,看着母亲的面容,我会在心里怀疑:这是我的母亲吗?尽管我和她的相貌如此相似,一样的圆脸,一样的小眼睛,就连脸上的那颗痣也长在相同的位置,没有人比我更像她的女儿。走在街上,经常会有不认识的人问我:你是××的女儿吗?可是怀疑的种子一旦埋下,就开始扎根发芽,最终长成一棵郁郁葱葱的大树。母亲会有这种怀疑吗?外貌相似的我们,个性却是如此不同。母亲记忆力超群,很多年前的事情她依旧能记得一清二楚,而我粗枝大叶,许多事情转瞬即忘。

母亲也许对此有过怀疑。她曾在一个雪夜,对我的身世进行详细讲述:那一年,草木丰茂,我和你爸去你三姨家,路过一片树林时,听到婴儿的啼哭声。我们循声走进树林,看见空地上啼哭的是一个红色的小包被,小包被里包着一个婴儿。我们把这个婴儿抱回了家,这就是你呀。母亲的故事像一把利剑,插入我的心底。火塘里,红色的火焰温柔地舔舐着炉子,散发出阵阵绵长的温暖。可年仅四岁的我,却感到彻骨的寒意,我第一次感受到心痛的滋味。为此我绝食了三天三夜,不吃不喝，一动不动。

母亲并不搭理我，还把我绝食的事当作趣事讲给邻居听。她不知道，那一刻我是多么绝望。我感觉自己是如此多余，不应该存在于这人世间。后来，母亲请来接生婆，给我讲述了另一个故事：你出生时，你妈疼得在床上打滚，疼了两天一夜才把你生出来。你生出来后，吃奶时，总是喜欢吹气，导致你妈患上严重的乳腺炎，不知道受了多大的罪。对于家里人的话我半信半疑，但却相信这个有点陌生的接生婆的话。听完接生婆的话，我感觉自己活了过来。然而，母亲那天说的话，依然深深地刻在我的心里。每当我因调皮被母亲揍了，被她骂了，前一个故事就会毫无预兆地跳出来。这时，我就会央求祖母重新讲述后一个故事。

可没过多久，后一个故事也无法安慰我了。我亲眼见证了母亲的犹豫——那是在姨妈提出将我过继给他们家的时候。比母亲大好几岁的姨妈结婚多年却一直没有孕育孩子，她急切地想要一个属于自己的孩子。有一次，母亲回娘家时，我亲耳听到她对母亲说：把赛男过继给我。你放心，我一定会好好待她，好好疼她的。你们还年轻，还能再生。她们商议时，并没有避着我，我就站在母亲旁边。

许多年过去了，只恍惚记得母亲当时并不觉得惊讶，而是犹豫了片刻，淡定地对姨妈说：我回去和她爸商量一下。母亲犹豫的那个片刻，对我来说显得格外漫长。我就像家里多余的一个摆件，可以随时拿出来送人。有这个摆件，母亲不见得有多开心；没有这个摆件，母亲也不见得有多遗憾。

那天回家以后，我一直不敢熟睡，害怕我的命运在不知不觉间被改写。蒙蒙眬眬间，我听见母亲向父亲提起这件事。母亲喃喃低语：姐姐和姐夫都有正式工作，条件也比我们好，离我们也不远，随时都能照看……母亲的话在寂静的深夜里格外刺耳。我听到心被撕裂的声音，感觉自己被抛弃了。那一瞬间，我只觉得活着是一件极不快乐的事。

父亲拒绝了母亲的提议，但母亲并没有死心。一有空，她就带着我去姨妈家做客。每次出发前，她都会给我换上最好看的衣服，将我打扮得漂亮可爱，而且反复叮嘱我：去姨妈家，不许调皮，不许乱跑，不许顶嘴，不许哭，要多笑。她在尽最大的努力把我包装成一个姨妈喜欢的摆件。

过了一年，也有可能是两年，姨妈怀孕了，我的命运也终于尘埃落定。但是每次和母亲去姨妈家的路上，懵懂的我仍然会悄悄地问自己：我真的是她的亲生女儿吗？我是她的孩子吗？我默默告诉自己：不是，我只是她从小树林里捡回来的弃婴。这样一想，我似乎就没那么难过了。

我曾向母亲求证过这个问题。十岁那年，我不小心把压岁钱弄丢了，害怕挨打，我不敢说实话，便诬陷了小伙伴，可我还是没有逃过那顿打。母亲拿着棍子，一棍一棍抽打在我的屁股上，疼得我鬼哭狼嚎。母亲高举着棍子，眉毛高高挑起，冷眼看着我，喝令：憋回去，不许哭！我的哭声化成断断续续的呜咽。那一刻，我并非母亲亲生的想法再一次涌上心头，我决定反抗。我不再为了躲避棍子东逃西窜，而是把脸递到她面前，让她打。母亲没料到我的这个反应，一下子愣在那里。我抱着她的腿，昂着头，哭着问她：我到底是不是你亲生的？你给我一句实话。母亲被我的问题逗乐了，忍着笑说：你当然是我亲生的。

这件事被母亲当作笑料，多少年来在餐桌上和炉火边被她反复提起。她只是简单地以为，这是我挨打之后的一种消极反抗，从未意识到，这个问题对我而言事关重大，而且困扰了我的整个童年。自她给我讲述"前一个故事"的那一刻起，怀疑的种子就在我幼小的心里种下了。

二

每个从梦中哭着醒来的夜晚,想起母亲总有一种难以言说的复杂情绪涌上心头。

是的,我爱她,可也恨她。

十三岁那年,常年在外打工的母亲终于回来了。她对我说,妈妈以后再也不出门了,就在家照顾你。我欣喜若狂,感觉整个身体都飘浮在半空中。然而没高兴几天,她就告诉我:再过几个月,妈妈就要给你生个小弟弟了。她说这话时,眼神犀利地盯着我。她当然不是征求我的意见,而是通知我她和父亲的决定。

从我记事起,母亲每隔一段时间就会问我:再给你生个弟弟,好不好?我对这个问题无比反感,一度到了只要母亲说出这句话就会号啕大哭的地步。年幼的我早就明白了母亲问这句话的目的,更明白父母是多么的重男轻女,加上我对自己身世的怀疑,对于母亲的种种试探,我总是言辞激烈地进行反抗。但其实我早就心知肚明,我的反抗起不了任何作用。

有一次,我梦到弟弟出生了,父母围着弟弟笑得合不拢嘴,我站在一旁默默看着,他们却没有给我一个眼神。接着,我们出现在一个破旧的房子里,我坐在火炉前取暖,炉子上是一壶将要沸腾的热水。忽然,母亲拎起水壶，壶里的水淋过我的身体。父亲坐在一旁，看着这一切，却什么也没说。壶里的水淋在身上，我的身体并没有感觉到疼痛，可心却像在开水中滚过一般，疼得我难以呼吸。我从梦中哭着醒来，抱着枕头继续哭泣……

我所有的眼泪和反抗都改变不了父母想再生个儿子的决心。母亲说：没有人和你玩，你一个人太孤单了，给你生个弟弟，以后天天陪你玩。你放心，爸爸妈妈最爱的还是你。母亲的话安慰了我。我不再和母亲对抗，开始接受那个崭新的生命，期待他的到来。

父母的希望再一次落空。这一次，母亲生下来的依旧是个女儿。母亲叹息，父亲也叹息，但我心里却有着隐隐的高兴。

我的成绩越来越差了。在学校里的我越来越沉默，上课总是走神。我不知道自己在想些什么，更不知道自己在做些什么。当在学校工作的亲戚告诉母亲我的情况后，母亲的眼睛盯着在地上爬来爬去的妹妹，眼角眉梢都是笑意，却对在一旁忐忑不安的我说：我们本来是不打算再生老二的，知道为什么再生一个吗？我和你爸知道以后是指望不上你的。母亲的语气很平淡，轻描淡写，说这些话时她的眼神一直没有离开妹妹，脸上的笑容灿烂得刺眼。

刚出生的妹妹那么小,像一个小团子,每天除了吃就是睡。我对她的反感渐渐消失。看着她一天天长大,看着她露出可爱的笑容,我的心也被融化了。母亲对妹妹的爱写满她的整张脸,整个屋子都荡漾着母爱的气息。可这母爱与我没有半点关系。

母亲对我早已失去耐心。她对我的厌恶,明明白白地写在脸上。有一天,我给妹妹做辅食时,也给自己煮了一个鸡蛋。母亲用冰冷的眼神看着我,并对坐在我旁边的邻居说:她就是好吃懒做。我不敢直视母亲的眼睛,低着头含着泪把那个煮鸡蛋吃掉。从此以后,我再也不吃煮鸡蛋。

一个下雪的夜晚,妹妹有点咳嗽,我打着手电去菜园里拔葱回来给妹妹煮葱姜水。从来没有煮过葱姜水的我,将葱根洗净后切成碎段,母亲看到后勃然大怒,抬起手就给了我两记耳光。时至今日,我依旧不明白切成碎段的葱根就不是葱根了吗?葱根切碎后就没有药效了吗?愤怒的我冲出家门,却无处可去。门外大雪纷飞,月亮冷清地挂在树梢,回头看看那座房子,那是我的家吗?无家可归的感觉是那么强烈。冬天的风那么冷,夜晚那么寂静。白雪皑皑,把山野映衬得一片洁白。我沿着小路向前飞奔,仿佛这样就能把一切抛之脑后。穿过一片野坟场,跨过一条小溪,甩掉穷追不舍的野狗,最后跌跌撞撞地跑到了外婆家。母亲并没有追来，甚至没有一个电话。对于我深夜的离家出走，她无动于衷。一个十四岁的少女，在下着大雪的深夜独自出门，作为母亲的她无比放心。

第二天，我在外婆家目睹了舅妈是如何叫表妹起床的。只比我小一岁的表妹赖床，舅妈把她从床上抱起来，轻轻地抚摸着她的脸颊，亲吻她，用无比疼爱的声音唤她：妞妞儿，妞妞儿，快起来。在我的记忆中，母亲从来没有这么亲昵地叫过我，甚至连我的乳名都很少唤。她叫我从来都是连名带姓的。在我很小的时候，我就已经能够根据她的语气判断出我接下来要面对的情景。有一段时间，只要听到母亲叫我的名字，那种强大的压力和窒息感就会笼罩全身。

读高中时，父母带着妹妹去了他们打工的城市生活。祖母已去世多年，我因无人照料被寄养在姨妈家。每隔半个月我会去姨妈家一趟，拿接下来半个月的生活费。每次去，姨父都会亲手做顿大餐给在校住宿的我补身体。比我小五岁的表妹正读初中，她性格直率坦荡，姨妈和姨父对她的教育常在饭桌上展开。他们一起讨论生活中的琐事、电视里的剧情、同学间的矛盾，氛围轻松而愉悦。他们笑着争吵，用诙谐的语言相互调侃。

在此之前，我一直以为所有的家庭都是相似的：母女之间相互敌对，父女之间心生嫌隙。原来，不是这样的，只有我们家的关系才是如此。

三

母女一场，自然也有不少值得珍视的时刻。

我在学校被同学欺负不敢还手，班主任知道了事情的来龙去脉也放任不管，施暴者越发嚣张。我不敢告诉父母，因为他们向来十分维护老师的权威。母亲不知从何处得知此事，她来到学校，要求班主任对我和同学的矛盾立刻进行处理。母亲离开以后，班主任把我叫到办公室，告诉我：不要一点小事就回去找家长。晚上回家后，我把这件事告诉母亲。她异常生气，第一次在我面前反抗老师的权威：遇到这种事，如果老师不管，要立刻告诉家长。如果那个同学再欺负你，你一定不能忍气吞声。母亲的话让我有了底气，变得勇敢，最终学校里再也没有人敢欺负我。

有一段时间，我很抗拒上学。每天上学前，母亲哄了又哄，催了又催，可是我依旧不愿意上学。母亲不得不放下手中的家务，送我去学校。母亲明明目送我进了校门才转身离开，可一转身我又溜出了学校，我在学校周围的小树林中闲逛，在小溪旁玩水。母亲知道这件事时，我已经连续逃学一周了。那天，母亲送我上学后，守在小树林里等着我，果然没一会儿我就被她逮了个正着。她气得脸色发青，但还是把我领回了家。在她的再三追问下，我才交代：语文老师针对我，我和别人错一样的题，她不罚别人抄课文，却罚我抄三遍课文。回答问题时，只要我没有答对就会挨打，她在课堂上还经常出言挖苦我。同学们听了她的话都不愿意和我玩。语文老师原是我家的远房亲戚，以前待我极好，不知为何忽然态度大变。母亲知道后，当天晚上就去了语文老师家，不知道她说了些什么，但我再上学时，语文老师又恢复了以前和蔼可亲的态度，我的处境才有所改善。

十岁那年，我已开始住校生活。母亲每次出门打工前，都会在凌晨起床，蒸一屉我最爱吃的豆腐包。母亲带着蒸好的包子摸黑赶到学校，等待校门打开，亲手把包子递到我手中。包子还冒着腾腾热气，闻着全是母亲的味道。母亲看着我吃下一个包子，抱抱我，就急急忙忙地去赶车了。

妹妹出生后，这些往昔十分平常的事情都变成了珍贵的记忆。我所能回忆起的温馨时刻，全是在妹妹出生之前。那时，我还是母亲唯一的孩子，母亲还爱着我。

我讨厌妹妹。这个还在牙牙学语的小团子，轻而易举就成为全家环绕的中心。她会笑了，说话了，走路了，她的一举一动都牵动着母亲的心。母亲对她的爱弥漫在家里的每一个角落。

母亲开始拿我和妹妹比较，从皮肤的好坏到瞳仁的大小，从头发的多少到走路的姿势，在母亲眼里，妹妹是最可爱的天使，她什么都不用做，什么都不用说，就是最完美的女儿，而我却一无是处。

母亲毫不避讳对我和妹妹的比较。在各种公开场合，在亲朋聚会之时，甚至在与我同龄的表兄妹面前也肆无忌惮，丝毫不顾及我的面子，我的自尊被她踩在地上反复摩擦，却无法反抗，只能默默流泪。母亲讨厌看到我哭，每当我哭泣时，她便恶狠狠地勒令我：憋回去，不许哭！她要求我无论在什么时候都必须笑脸相迎。那一刻，她和那个针对我的老师，欺负我的同学没有什么区别。她从一个保护女儿的母亲变成了施暴者。

妹妹单纯的笑脸，稚气的模样，时而让我欢喜，时而让我厌恶。她什么也不懂，总是向着我在的方向张开双臂，她是那样信任我。当她扑向我时，当她为我擦去眼泪时，当她亲吻我时，我的心里涌满了幸福。

可是当母亲拿我和她比较，不停地贬低我时，我对妹妹的爱消失了。我的心里装满了对她的厌恶。我讨厌妹妹，讨厌她的笑，她的哭，她的顽皮，甚至讨厌她为我擦去眼泪时的样子。我对她的感情是这么微妙，可是她却什么也不懂。对了，我也讨厌她什么都不懂的样子。

我嫉妒妹妹。同是女儿，为什么我是祖母抚养长大，而她却是母亲亲力亲为？为什么母亲一开始就打算将我送人，却害怕错过她成长过程中的每一个时刻？为什么母亲对我费尽心机的讨好视而不见，却把她视为掌上明珠？

嫉妒像一把火，在我心里熊熊燃烧。一次，妹妹在我怀里睡着了，我拿起毛笔，在她脸上写字。母亲发现时，妹妹已变成一只花脸猫。她的脸洗了很久才洗干净。看着她被洗得发红的脸，我感到愧疚，可又获得了一种隐隐的快感。

妹妹在我的怀里睡着了，她没有一点防备，无偿地信任着我，但她不知道我早在心底撒满了荆棘的种子。

我讨厌妹妹，可是我更厌恶自己。我厌恶哭泣的自己，笑着的自己，说话的自己，沉默的自己，睡觉的自己……我厌恶所有状态的自己。那时，老师在不停地告诉我们外面的世界有多美好，未来有多少种可能，同学们对未来的日子充满期待，可是我觉得所有的一切都是灰暗的。唯一让我能够放松的只有各种各样的小说，我可以躲在里面短暂地逃避。

即便到今天，我依旧对自己充满厌恶感，在我取得一点成绩时，我总是习惯性地否定自己；当领导把重要任务交给我时，我总是担心自己会搞砸，因而时刻处于紧绷状态。尽管准备充分，在重要时刻，因为我的紧张也总会有各种不愉快的插曲发生。在职场上，我从来不敢争取自己的利益。当听到别人对我的夸奖和赞美时，我手足无措，不知如何回应。更多的时候，我害怕应酬，害怕和人交流，更害怕成为人群的中心。即使我在爱情中感受到幸福，结婚多年依旧甜蜜，我的大脑却时常出现我们感情破裂、无法挽回的局面。我不配得到幸福、不配被爱的情景一遍又一遍在我大脑中回放。浪漫时刻我总会不由自主地说一些煞风景的话。这些话让我痛苦，让我自责不已，可下一次又会重复。

四

相较于挨打，我更害怕母亲的语言暴力。那种人世间最肮脏最下流的话，最恶毒的诅咒，都被她拿出来羞辱她的女儿。是的，你没有看错，羞辱。那些肮脏的语言、恶毒的诅咒，配上母亲咬牙切齿的表情，现在想起来，我仍然忍不住抱头痛哭。这时的她已不再是母亲，而是一个恶魔，昔日对我疼爱有加的母亲，消失得无影无踪。她变成了一个陌生人，不，我俨然是她的仇人。

母亲对我的羞辱从成绩到外貌，从焦黄的头发到发育的身体。十四岁的我，已经发育成熟，可是我还没有一件自己的内衣，依旧穿着女童的小背心，走路时尽量佝偻着身体，极力减少自己的存在感。总有得意忘形昂首挺胸时，因为发育的痕迹太过明显，而被母亲当众批评、羞辱。即便是母亲已经看出她的大女儿发育了，急需一件合身的内衣，但她依旧不记得买内衣的事。家务比给女儿买内衣重要，农活比给女儿买内衣重要，所有的事情都比给女儿买一件合身的内衣重要。我强迫自己丢掉一个青春期少女的羞怯，在逼仄的小商店里挑选内衣，却因为是绑带款式被母亲看见后大骂：不要脸……

母亲对我有很强的容貌焦虑。她认为我皮肤暗黄，肥胖，个子不高，长相不够秀气，这么丑陋的我注定是这个家庭的耻辱。她的眼神，她的语言无不在诉说着这些。甚至很长一段时间，我也这么认为。直到上了大学，陆陆续续有同学夸我，我才知道，我并没有自己想象中的那么丑陋不堪。母亲曾一本正经地问六姨：她这个样子，以后嫁不出去怎么办？那时，我已经读大学了，而母亲问这句话时父亲就坐在我的旁边，看着我流下眼泪，却一言不发。在我已经成家立业后，回家时，母亲依旧会责备我：你今天怎么不化妆？

偶然的一次考试，因为复习得不错，考了一个还算满意的成绩，母亲却问我：抄了谁的？接着便是一通责备：字写得太差，像鸡在地上爬的脚印。我因为她的责备和不信任而伤心流泪，母亲却说：没有抄，你哭什么？

我很怕她，当她问我问题时，我甚至不敢回应，只用点头和摇头来表达内心的想法。我害怕哪句话说错了，会挨打，会被骂，会被羞辱。明明上一秒还喜笑颜开，下一秒就是言语的羞辱。我的一句无心之言，可能就会成为母亲嘲讽我的把柄。她常常把这些无心之言学给街坊邻居、亲戚朋友听，而我就在旁边，听着众人发出意味不明的笑声，面对大家别样的目光。

很长一段时间，面对母亲的羞辱，我都会想到死。想去一个没有人知道的深山老林静静死去，父亲和母亲永远不知道我的行踪，但他们因为良心的谴责和道德舆论的压力，必须不停地寻找我。他们的一生都将浪费在寻找我的路上。每当母亲羞辱我时，我便在心里一遍又一遍想象自己死去的样子。

害怕疼痛的我决定投河。这是一个十四岁的小镇姑娘所能想到的最没有痛苦的死亡方式。我哭着向那条远近闻名的河流飞去，脑子里只剩下一个声音：去死吧，去死吧,去死吧,别回头……在离那条河不远的地方,我忽然被人一把拽住,回头一看是气喘吁吁的表姐。她来走亲戚,看到满脸是泪的我不停地奔跑,她追上来把我送回了家。母亲对我的态度似乎有了变化,但没有坚持多久,一切又变回原来的样子。

我害怕回家。放学后,我宁愿躲在时不时有小兽出没的树林里,在无人经过的小路上独自玩耍,也不愿意在家里待着。我一个人爬山,一个人涉水,一个人自言自语。在整个青春期,我是一个总是独自玩耍的女孩。

我沉默着与母亲抗争,唯一的一次胜利是在日记本中。我知道母亲有偷看我日记的癖好,我把她对我的羞辱一一记录在案,把对她的不满、怨恨不加任何修饰地全部写进日记本中。以前,我害怕母亲发现这本日记,因此时时带在身上。那天,我豁出去了,一定要让母亲知道我内心的种种委屈,一定要让她知道我的怨恨,一定要让她尝到我的痛苦。

上学前,我故意把日记本藏在枕头底下,我知道她一定会忍不住偷看的。我是那么地了解她。果然不出所料,母亲打开了那本日记。唯一的意外是,识字不多的母亲在看到日记里的内容与她有关时,叫来了姨妈。姨妈一字一句念着我的日记给母亲听。母亲痛哭流涕,悔恨交加。我的目的达到了,我终于让母亲也感受到了我的痛苦，可是我却并不开心。

母亲终于意识到她要失去我了，意识到我们之间的隔阂。她开始努力表现她对我的爱，可是我已经不需要了。

五

从小到大，我最大的梦想就是离开家，离开得越远越好。年幼的我早已一次又一次地告诫自己：离开这里，不要回头。

我成年以后，母亲埋怨我从来不和她说心里话，不和她亲近。记得有那么几次，母亲轻手轻脚地走进我的房间，许是她身上的气息让熟睡中的我感觉到了危险，我陡然惊醒，猛地从床上坐起来，双手抓着被子护着自己，质问站在我面前的她：你是谁？为什么在这里？看着眼前的这个女人，她的面容我如此熟悉，可是在那一瞬间我却完全想不起来她是谁。

即使我有了自己的家庭，即使母亲对我的态度已经发生了很大的转变，即使我成了她口中的骄傲，成为她炫耀的资本，但我依旧对回家充满恐惧。我甚至害怕接听父母的电话。当手机铃声响起，看到屏幕上的来电显示，我的内心充满压抑，我不停地给自己进行心理建设，才能鼓起勇气……更多时候，心理建设失败，我会打电话给邻居和亲戚，向他们打听父母的近况。

每次看到电影里母女相处的温馨画面，我会一遍又一遍回放，一次又一次在那些琐碎的美好中泪流满面，即使只是一个再寻常不过的情节。我似乎对母爱还充满期待，但当母亲在电话里流露出对我的关心和想念时，我只是觉得虚假、做作，心里总有一个声音在不停地告诫我：不要相信她，她是在欺骗你。一旦相信，你就会受伤。在漫长的时光中，我一次又一次地向她靠近，却被她一次又一次地伤害，我早已不再相信她对我的爱。

前不久，妹妹在电话里委屈地说：姐姐，为什么我怎么做都比不上你？我感到惊愕，在我的追问下，妹妹解释道：妈妈说你很优秀，要我向你学习。我的目标就是超过你。那一瞬间，我仿佛看到了另一个自己，看到了多年前那个一直被打压、心怀嫉妒的自己。

后来，我和母亲沟通她的教育方式，提醒她不要拿妹妹和我做比较，要对妹妹多鼓励，多表扬。母亲却不屑地说：我不是那种虚伪的人。原来在母亲心中，所有的鼓励和表扬都是一种虚伪的话术。母亲对我的打压和羞辱，她认为这是一种激励，我会因为这些而变得更好。我告诉母亲这么多年来我的心理创伤，母亲却十分委屈,她认为把我含辛茹苦地养大已十分不易,可成年后的我并不感激她,还挑剔她的种种言行。我们的沟通再次陷入死循环,无法继续。

前年春节,因为一点小事,我和母亲发生争执,过去那些羞辱我的话再次从她口中喷涌而出,那种熟悉的压迫感笼罩我全身,不愉快的回忆像洪水般冲过来,淹没我的头顶,我像溺水的孩子,无法呼吸。看着瑟瑟发抖的我,母亲却一脸的无所谓。她不知道那些话有多恶毒,给我留下了多少创伤,我终于忍不住颤抖地问她:你爱我吗?我是你的孩子吗?她有些错愕,没有想到已经快三十岁的女儿还会心存这样的疑问。她的表情僵住了,有些无助地舔了舔嘴唇。那一瞬间,我和过去的日记本事件一样,获得了小小的隐秘快感,但这种快感没有持续几秒,一望无际的悲伤很快便铺天盖地席卷而来。

六

母亲爱我吗?我尝试着去理解母亲。

我是母亲的第一个孩子,她生下我时刚满十八岁。那时的她风华正茂,而我的意外出现,把未来有着无限可能的她关在了村子里。我是一颗石子,打碎了她对未来的遐想。她和父亲曾经真心相爱，但年少轻狂时的爱情不足以照亮余生。婚后，母亲发现父亲的种种缺点和大男子主义，他们的矛盾越积越深，可是已经有了我，日子只能这么稀里糊涂地过下去了。在后来的几十年里，母亲都在用实际行动无声地诉说着她对这个决定的悔恨。她一次又一次出走，却又因为放不下我，而一次又一次选择妥协。

母亲对我的感情微妙而复杂，她似乎是爱我的，但却把她一生的所有不如意归咎于我。在她对我一次次口不择言的羞辱中，我窥视到了她的不甘、无奈。她早已厌倦那样忙碌而贫穷的生活，却没有勇气放弃现有的一切。后来，她终于不管不顾地迈出了那一步，却为之付出了惨痛的代价。最后，她偏执地认为：我是她所有不幸的源头。她对我也许充满了恨意。

我试图通过对母亲童年的窥探来理解她。外公去世那年，母亲年仅十二岁。外婆辛苦地拉扯着一堆儿女长大，为了一家人的温饱耗尽心血，对于子女的教育就显得非常粗暴。母亲是外婆最小的孩子，她成长在哥哥姐姐的阴影下。在她的成长过程中，也遭遇过很多不公平的对待吧。显然，在母亲只言片语的讲述中，她的童年并不幸福。妹妹出生后，也许同为小女儿的母亲从妹妹身上看到了童年时那个不快乐的自己，她想通过这种方式弥补童年中那个被伤害的小女儿。只是她忘了,从小寄人篱下的大女儿也需要她的疼爱。

我曾就母女间的战争与姨妈有过讨论。姨妈说,你母亲生你时,她自己还是个懵懂的孩子,第一次做母亲,没有经验,还不会控制自己的情绪,经常把自己遭遇的不如意发泄在你身上,但她是爱你的。她生你妹妹那年,她才真正长大,也才成为一个合格的母亲。

我至今还未与母亲和解。我既不知道如何去说这件事,也不知道如何才能缓解僵局,即便从表面上去看,她已经爱我了,我也接纳了她的关心,可实际上,对于这种和解我持着非常悲观的心态,并且没有觉得十分快乐和幸福。在早已成为过去式的某个时刻,我的心早已变成灰色。我知道母亲在等待着我的感谢,只是她不知道,我也在等待她的道歉。谁知道我们以后怎么样呢?真是一片茫然。

狩猎

一

父亲曾是个出色的猎人。

夏天的夜晚，父亲总是高举着火把，顶着满天繁星出门。噼啪作响的火把将他的背影拉得很长。他的身影在屋旁的山脚下消失。夜色正浓，远远地看见时明时暗的火把到了山腰，到了山顶，几分钟后，彻底消失在我的视线里。

黎明时分，父亲提着一个口袋回来。口袋里传出的婴儿哭声把我从梦中惊醒。我兴奋地从床上跳起来，跑到父亲跟前。父亲将口袋里的东西倒进水缸，水缸里顿时水花乱溅。父亲说，今天运气不错，捉了两条娃娃鱼。我趴到水缸前，向水中伸出手去，却被父亲制止。父亲说，娃娃鱼会咬人。我惊恐地缩回手，小心翼翼地看着它，害怕它会忽然跃起将我吃掉。

母亲又和父亲吵架了。母亲气冲冲地跑回了娘家。

晚上，父亲举着火把再次离开家时，我哭闹不休，父亲只得带上我。父亲背着我从山脚走到山顶，再从山顶走到山脚。我早已在父亲背上睡着了，不知身在何处。

当我揉着惺忪的睡眼从一块石头上醒来时，父亲正在月色下就着火把的光亮捕捉青蛙。见我醒了，他唤我过去帮忙。我向来顽皮，捕捉青蛙、知了、麻雀等颇有一手。蹲在地上，瞄准目标，趁那只专心致志的青蛙目视远方时，猛地伸出手一把将它按住。它在我的手心里挣扎，两条雪白的大腿在空中奋力乱蹬，嘴巴里发出奇怪的喊叫，却无济于事。我感觉手心里的皮肤黏黏的。

父亲用一根草绳将青蛙绑起来，扔进水里，另一边绑在岸边垂下来的树枝上。娃娃鱼对青蛙有着近乎偏执的热爱。

青蛙在水中挣扎，一圈圈漾开的水波包裹着它，像一个精巧而美丽的漩涡。蛙声在流水中旋转、回荡，引诱着沉睡者。娃娃鱼从洞里悄悄探出脑袋，肥胖而略显笨拙的身体在寂静的黑夜里潜行。青黑色的身体被夜色掩护。蛙叫声渐渐尖厉，波圈荡得急迫起来，挂着绳子的树枝晃动的幅度越来越大。娃娃鱼冰冷的双眼紧盯着青蛙，蓄势待发。

血腥味在空气中慢慢飘散，鲜红的残血随着河水流向远方。父亲从渔网里捞出娃娃鱼，将它装在口袋里。

我们一家人一度依靠父亲狩猎的手艺生活，然而好运气不是每天都有的，更多的时候，父亲一无所获，空手而归。在父亲所捕获的猎物中，我最喜欢的是一种叫作果子狸的动物。它有着一副天生的好面孔，漆黑的眼睛犹如在水里洗过，氤氲着一层黑色的薄雾，慵懒的体态，漫不经心而又灵敏的身姿。

柿子成熟的季节，父亲总会在它必经的路上埋伏好套结。多年的猎人经验告诉父亲，果子狸无法抗拒柿子的美妙味道。

二

三伯曾将父亲当作他的猎物。

寒冷的雪天，火塘里明亮的火焰温柔地舔舐着水壶。北风从森林中刮过，发出阵阵尖厉的呼啸声。我们坐在火塘边，紧闭的门窗把寒冷的风雪拒之门外。这是父亲从山东打工归来的第五天，我已和久未见面的他熟悉起来。我依偎在他怀里，身上穿着他从山东带回来的小花袄。

急促的敲门声响起。拉开门，冷风便把雪花吹了进来，我的头发被风刮到耳后，露出被冻坏的耳朵。几片雪花钻进脖子里，瞬间便化作一丝凉意。

姑爷爷坐在火塘边，把一张写着一串号码的纸条递给父亲：镇上的人让我捎信给你，大鱼正四处找你，这是他的电话。

大鱼，是我三伯。他的这个小名颇为传神，流传甚广。村里人多年来只认他的小名。自三妈离家出走后，三伯便带着堂哥远走他乡，几乎和家里断了联系。祖母曾多次寻找他，但总是失望而归。祖母日复一日地等待着，等待她的儿子带着孙子从异乡归来。

父亲带着祖母的期盼去了镇上。全镇只有一部电话。电话里传来了堂哥断断续续的呜咽声，父亲那颗激动的心一下子坠入冰窖。父亲在电话里不停地追问着，然而堂哥什么也不说，只是不停地哭泣。在父亲耐心地安慰下，堂哥终于告诉父亲，三伯和人打牌，输了一大笔钱。债主威胁三伯，再不还钱就剁掉他一只手。走投无路的三伯，被逼无奈下只能向父亲求助。

父亲和母亲大吵一架后，带着仅有的几百块钱和一张存折只身上路。那张存折里装着父亲在暗无天日的矿井里辛苦工作一整年的收入，装着一家人热气腾腾的日子，也装着我的学费和祖母的药钱。可这点钱相较于三伯欠下的赌债，只是杯水车薪。

临行前，父亲郑重其事地交代我，在家一定要乖，听母亲和祖母的话,要好好学习,做个好孩子。父亲说这话时,眼眶发红,像是在极力忍耐着什么。母亲还在生气,没有起来送他。

父亲走时,天还没亮,整个村庄被雪花覆盖,田野被积雪衬得发白。他用围巾把耳朵和半个脑袋都包裹了起来,回头看了看我,又看了看房子四周,便拿着手电消失在茫茫白雪中。

母亲还在房间里哭泣。她在埋怨父亲。埋怨父亲拿着全家一年的收入走了,埋怨父亲不知道和其他兄弟姐妹商量,就这样单枪匹马地独闯襄阳。其实,她心里明白,父亲并无可以与之商议之人。

我的祖母,一生育有七个孩子,五儿两女。父亲是祖母最小的孩子。大姑早已年迈,孙女已同我一般大小,家里负担极重,根本拿不出钱来。小姑家颇远,来回耽误时间,更何况家中十分困难,小姑父又斤斤计较,是半点忙也帮不上的。大伯虽然就住在附近,然而自从他结婚后,日日被大伯母辖制,做不得半点主,就连来家里陪祖母聊聊天,也要被大伯母骂上半日。二伯和四伯,自幼时起双耳失聪,不曾成家。在这个最需要亲人的时刻,却无人相帮。这也是三伯遇事以后,第一个求助父亲的原因。哥哥姐姐都是这种情况,父亲能向谁求助呢?

太阳出来了,地上的积雪慢慢融化。出门时,鞋子上沾满了泥。屋檐下的冰柱发出叹息和低语。祖母抱着我去触摸冰柱。我掰下冰柱,放在嘴里吮吸,一股冷冽的寒意在身体里奔跑。冰柱很甜,像我生病时祖母喂我吃的冰糖。

母亲在唉声叹气中度过了漫长的一天。

晚上,大家坐在火塘边烤火时,祖母询问母亲,清儿怎么一天不在家?母亲终于绷不住了,将父亲煞费苦心掩盖的行踪全盘托出。祖母一时间悲从中来,坐在火塘旁不停地流泪。我的孙儿啊,怎么摊上这样的爹?作死哦,跑去赌钱。火塘里的火苗仍然闪烁着明亮的色彩,时而在噼啪声中溅出两三个打着结的火星。水壶里的水沸腾起来,壶嘴里蹿出一根浓密的气柱,白雾一般氤氲在空气中。屋子里除了祖母的哭泣声,只剩下沉默。沉默的气氛像一碗浓浓的中药,很远就能闻到药的苦味。我不敢作声,坐在椅子上望着时明时暗的火焰发呆。

次日,母亲早早地去了镇上。她央求小卖部的老板,帮忙查找三伯的联系电话。在一番焦急地等待之后,母亲终于拨通那个号码,可电话里的人告知她:根本就不认识三伯这个人。

父亲回来了,就在母亲决定出发的前一天晚上。

月光明亮而清冷,浓密的树木被它包围着。父亲背着包推门而入，围巾包裹着他的半个脑袋和耳朵。他的样子和走时一模一样，仿佛这几天的焦急等待都只是一瞬间的事，仿佛他从来没有离开过。

坐在火塘边，他将围巾挂在椅背上，露出他被冻得发红的耳朵。祖母连忙去给他热饭。父亲从包里取出存折，递给母亲，然而他的脸上没有多少高兴的神色。面对母亲的追问，父亲一反常态，闪烁其词，有意岔开话题。祖母见父亲这副神色，悲痛欲绝，以为这辈子再也见不到三伯和堂哥了。

无奈之下，父亲只得告诉祖母真相。

三伯自从搬去襄阳后，日子一直过得十分艰难，入不敷出。眼看年关将近，父子俩的衣食全无着落，堂哥的学费更是无从说起，三伯不知从哪里听说父亲满载而归的消息，就把主意打到了父亲头上。他让堂哥在电话里不停地哭泣，并指示堂哥将父亲在电话里的追问朝预设的方向引导，然后说出三伯欠下高额赌债的谎言。三伯的本意其实只是想从父亲这里骗取些钱财，却不曾料到父亲竟在情急之中跑到襄阳去找他。他的谎言被当面拆穿。

父亲没有料到，昔日一同长大关系亲密的兄长，竟丝毫不顾忌往日情分和年迈的母亲，以身做饵，把自己当作猎物。

三

当我和母亲到达大姑家时,只听到一片悲戚的哭声。

夏日的阳光沸腾而喧哗,刺目的光线让人晕眩。空气里的燥热和嘈杂躲藏在白色的孝巾里。孝巾已沾染上淡黄色的汗迹。

侧屋里摆着一口黝黑的棺材。棺材前放着一个年轻男人的照片。照片里的男人,相貌英俊,笑得神采飞扬。他永远停留在了那一刻。

九岁的侄女戴着孝巾跪在棺材前,她机械地朝瓦盆里投去火纸,目不转睛地望着暗红色的火焰,闻着火纸被焚烧的味道,感受着膝盖处传来的丝丝寒意。我蹲下身把火纸一张张投进瓦盆。火纸瞬间被火焰吞没,留下一堆灰烬。一个人就这样走完了破损的一生。曾经鲜活而饱满的生命,此时就像瓦盆里的灰烬,带着置身事外的冷漠藏在棺材里。

姨姨,我以后再也没有爸爸了。侄女的眼泪落入瓦盆里,在灰烬上砸出一个小坑。

这个死去的男人是我的表哥。大姑的第三个孩子。他刚刚过完三十四岁的生日。就在他过完生日的第二天,下矿井作业时,永远地留在了暗无天日的矿井里。

多年前一个雨水充沛的夏天,整个村庄都弥漫在朦朦胧胧的白雾中，湿漉漉的衣服黏在身上，仿佛无数潮湿的褶皱在痉挛中滴下水来。在大姑家小住了好几日的我，因为和邻居家的小伙伴发生矛盾，不顾大姑的劝说，决定回家。大姑家离我家有十几里山路。出发没多久，天色陡然变黑，豆子大的雨点紧接着噼里啪啦地砸下来。我的头发、T恤、花裙子像被刚刚从水中捞起。雨越下越大，已分辨不清脚下的路。我有些后悔，不该一时冲动就跑出来。

山野寂寂，昏暗的群山陷入恐慌。山路崎岖，树木被浸在雨水中。这是雨天，一个没有傍晚也没有黄昏的雨天。河里的水涨起来了，以前用来过河的石磴已被河水淹没，湍急的水流里夹杂着泥沙。我站在河边，不知该如何是好。我伸出脚去，小心翼翼地进行试探，却又慌忙把脚收了回来。

正是这个时候，我听见有人叫我的名字。三表哥披着雨披，穿着雨鞋，拿着伞从身后追来。他俯下身，把我背到了对岸。

一声鼓响，将我从回忆中拉了回来。打待尸的师傅们围着棺材走了起来，铜锣声接着响起，歌师唱起了丧歌。

我从灵堂退出，拐进里面的房间。没有开灯的房间幽暗而潮湿，就是在这炽热的夏日也显得有些阴冷。我刚走进去就不由得打了个寒战。侄女开了灯,对着床的方向说,奶奶,姨姨看你来了。

床上躺着一个身形消瘦的女人。橘黄色的灯光,照在她裸露在被子外面的花白头发上。那白发,如野草般蓬松、刺眼。奶奶,姨姨看你来了。侄女说完这话就出去了。她还要在棺材前哭灵。

这个默默躺在床上的女人是我的大姑。她刚刚失去了正值壮年的儿子。我走过去把她从床上扶起来,一股难闻的腐烂味道在房间里弥漫开来。她靠坐在床头,粗糙的手紧紧地拉着我。

哀伤的丧歌从灵堂传来。大姑示意我把门关上,仿佛这样就可以逃避失去儿子的现实。丧歌从门外隐隐约约地传来:孩儿出世娘怀抱,日夜啼哭娘不眠。左边尿湿换右边,右边尿湿换左边……大姑看着我,眼泪唰唰地朝下落。

她一开口是丧歌的调:我苦命的儿哟……

大姑边哭边使劲地拍打着自己的双腿,似在控诉上天的不公。其实,大姑的双腿早已没有了知觉,多年来只能在床上度日。当年那个做事风风火火的大姑,没有被命运善待。她行走如飞的日子,被彻底遗留在时间的废墟里。

事实上,大姑瘫痪不久后,我曾遇到过她。那是个秋日的午后，空气里还有些燥热。路过镇上的桥头时，我看见了大姑。她满头大汗地坐在地上，头发已被汗水打湿，黏黏地趴在头上。她的腰间别着一个装有药盒的方便袋，屁股下垫着一块略显厚实的木板，衣襟上满是泥土和污垢。她先撑起左手，按在地面上，然后借助手臂的力量，挪动双腿，又撑起右手，向前移动。因地面凹凸不平，细碎的石子棱角分明，她原本粗糙的手已布满血污。我不知道大姑为何独自一人出现在这里。我的几个表哥呢？曾经是乡村郎中的大姑父呢？他为何让大姑自己来抓药？

这个已瘫痪多年的妇人，歪倒在床头，号啕大哭，诘问着命运的无情。谁也不曾料到，这个受尽磨难的家庭，再次遭到命运无情的打击。

前年春天，刚过完年，二表哥就背着简单的行李离开了家。十来天后，他进矿井作业时，因电线忽然脱落，触电而亡。他留下一子，一年后随表嫂改嫁，去了一个遥远的城市，几乎和大姑再无联系。伤心欲绝的大姑，整日以泪洗面。没过多久，父亲告诉我，大姑因伤心过度导致双目失明。从此，大姑生活在永无止境的黑暗里，再也看不到一点色彩，见不到一点光亮。

苦难并没有结束。半年之后，小表哥被检查出糖尿病。这种以目前的医疗水平还无法治愈的疾病，让千疮百孔的家庭雪上加霜。而小表哥的大女儿,自十岁起就停止了发育,已经十五岁的她,和八九岁的孩童一般高。

身为母亲,目睹了孩子们接二连三的不幸,早已万念俱灰。多次求死的大姑,被一次次救回。

命运早已洞悉这个家庭所有的苦难,却不曾手下留情。曾经庞大的家族在经历了接二连三的打击后,开始慢慢枯萎,走向没落。

四

葳蕤的草木上泛着柔软的绿意,艾蒿散发出浓烈的馨香,金黄色的阳光在葱茏的树上跳跃,村庄已经被绿色包围。膝盖上被蹭破皮的地方开始火辣辣地疼,我坐在地上看着核桃树上的人影。

几乎整个八月,四伯都穿着相同的衣服——灰色T恤,黑裤子,破了洞的解放鞋。现在,解放鞋在核桃树下等他。他一只手抱着树干,一只手奋力挥动着竹竿,核桃砸向地面,发出清脆的声响。整个八月,他都背着我去山上打核桃。

栗子树投下来一片潮湿而又尖锐的阴影。青色的栗包浑身长满了刺,我伸出手小心翼翼地去折栗树枝。我想吃栗包里还没成熟的栗子。

我把栗包放在石板上,用脚使劲踩着。石板上浸入了青色的汁液,可栗包软塌塌地躺着,没有一点裂开的迹象。捡起石头,恶狠狠地砸着,刺已经刺入我的手指。我感到疼,开始大声哭泣。四伯的视线依旧停留在青色的核桃上。他没有理我,因为他生活在一个寂静无声的世界。他听不到我的哭喊。

我的四伯,是一个没有名字的人。他一生都背负着"聋子"的外号,尽管他勉强能听到一点声音。

他的聋并不是先天的,而是祖父的耳光带来的恶果。人们轻视他,把他当傻子看待。这么多年来,他早已习惯了人们的轻视。

其实,他一点也不傻,反而相当聪慧。从来没有上过学的他,能自己认表,自己数钱,甚至还能摆弄手机。他曾把一只坏掉的手表拆开,卸下细碎零件,然后重新安装,令人惊诧的是,手表竟被他修好。但是这样的修理天赋,并不能让人们对他刮目相看,人们依旧轻视他。

火烧云在村庄上空燃烧的一个傍晚,堂姑忽然回来了。她带来一个好消息,四伯有成家的机会了。

他们村的一个女人,丈夫去世了好几年,近日放出风声,准备再婚。虽然这个女人比四伯要大上六七岁,且有两个孩子,但这对一直未能成家的四伯来说不失为一个机会。堂姑和父亲商议好后,就带着礼品去给四伯提亲。那个女人收下礼品后,提出和四伯见上一面的想法。

堂姑领着四伯上门去了。谁知那个女人见到四伯后,十分恼火,一口咬定堂姑是在侮辱她。原来堂姑为了促成这桩婚事,只说四伯轻度耳聋。没有料到四伯的耳聋那么严重,说话时需要走到他跟前大声喊才能听明白。那个女人把礼品扔到门外,连带着说出了很多伤人的话。

后来,四伯还动过几回成家的心思,但都没能成功。渐渐地,他就断了这个念想。

我最后一次见到四伯,是前年冬天。那时,我已远嫁。我和丈夫回家过年,刚下车就看到四伯拄着拐杖,一瘸一拐地过来迎接我们。他的喜悦溢于言表,但由于腿伤未愈,走起路来疼痛难忍,因此喜悦的表情便掺杂了一丝痛苦。他迎上来,看着我咧开嘴笑了。他先探出左腋的拐杖,把全身的重心放在右边,这才艰难地挪动左腿,接着挪动右腿。如此循环往复,每走一步都像走在刀刃上。

四伯跟随父亲在山东打工多年,多少次生死关头都被他侥幸避过。而这次,矿井里的工友放炮时,远远地喊了一声,他因为耳聋没有听到,躲闪不及,被飞出的石块砸中，脑袋破了个洞，双腿多处粉碎性骨折。医生说，四伯以后可能会成为植物人。

躺在病床上的四伯安静地闭着眼，像一个废弃的谷仓。

苏醒后的四伯，再次面临挑战。医生说，四伯的双腿很难恢复，可能终身都得在轮椅上生活。

四伯在医院住了两个多月，老板却很少露面，最后因没人缴费，医院不得不停药。父亲在医院全职照顾四伯，两人吃了上顿愁下顿。后经父亲多方奔走，才拿到一点赔偿金。但一点赔偿金就能买断一个人的双腿吗？幸运的是，四伯的腿虽然未能恢复到以前健步如飞的样子，但基本上能够慢慢行走了。命如草芥的人啊，自然会像草芥一般匍匐着顽强地活着。

四伯坐在院子里，安静地看着我们聊天。看着我们大笑的样子，四伯的脸上也浮现出笑意，但笑容里更多的是疑惑和痛苦。

丈夫搬了把椅子坐在他身边，询问他：四伯，你的腿好点没？还疼不疼？他疑惑地看着丈夫，只是点着头嘿嘿笑。我提醒丈夫，说话声音要大，声音小了他听不到。丈夫这才大声问他：四伯，你的腿好点没？还疼不疼？他说疼得厉害，话刚一出口，就带着浓浓的哭腔，眼泪唰的一下落了下来。丈夫拉开他的裤腿，查看他的伤势，大大小小十几道伤疤覆盖在他的腿上，像一条条丑陋不堪的蚯蚓在蠕动。我不忍再看，急急地避进屋里。

院子里的人散了，笑声也散了。他疲倦地坐在院子里，倚着墙。冬日的阳光显得慵懒而苍白。他在阳光下打着瞌睡，脑袋一歪一歪的。

去年春天，父亲忽然打电话给我，你四伯去世了。父亲的声音里有种难以自抑的悲伤。

母亲告诉我，天气寒冷，连日来大雪封山，四伯睡觉时，把炭盆端进了门窗紧闭的卧室。年仅五十岁的四伯因煤气中毒身亡。

四伯一生无儿无女，死后没有后人哭灵、摔盆，只能由妹妹临时代替。

五

现在，讲完这些故事，我忽然想起父亲是如何把一只试图逃跑的果子狸重新捕获的往事。

傍晚时分，天色晦暗不明。母亲在厨房里做饭，父亲坐在院子里的槐树下乘凉。停电了，母亲点燃煤油灯。屋子陷入一片橘黄色的光亮中。我感到困倦不堪，母亲却不许我睡觉，因为今天是中秋节。我揉着眼睛大声哭泣。父亲将我抱起柔声哄我。我念叨着，狸子，狸子，要看狸子。

父亲进屋，将刚刚带回来的口袋打开一个缝隙。我趴在口袋边沿，细细地看着它：它蹲在口袋里，全身紧绷，柔软的灰褐色的毛发竖立，警惕的目光逼视着我。我伸出手准备抚摸它。忽然，我好像被什么东西撞翻在地，一时不知道发生了什么事。等我一脸惊恐而又茫然地爬起来时，果子狸已蹿上了房梁，用它那黑夜般的劫后余生的眼睛看着我。

父亲早已从墙上取下打好的套结，抓在手里飞快地在肩膀上方甩着圆圈儿，猛然一把扔出去，套结正好套住了果子狸的脖颈。果子狸挣扎着盲目地向前奔跑，然而四条腿早已没了章法。它动得越厉害，套结收缩得越紧。不一会儿，套结就牢牢地套住了它。它蹲卧在房梁上，锋利的爪子紧紧地抓着房梁，身体随着它紧促的呼吸起伏不平。父亲搭好梯子，把它从房梁上抱下。负隅顽抗的果子狸在父亲的手上、脸上留下一道道血痕。

记忆沿着一条绳索向前攀爬。

许多年前的那个晚上，我看着青蛙在手心里挣扎，然后亲手把它送进了娃娃鱼的腹中，而娃娃鱼也没有逃脱父亲的追捕。

吃月光的鱼

一

父亲消失以后，日子就陷入糖霜般雾蒙蒙的光影中。落叶裹挟着秋风，流泻出古铜色光泽，在村庄上空飞舞，如同千万朵火焰浪潮般盛开。秋天仿佛受到惊吓，朝好几个方向同时撤退。

几年前的父亲野心勃勃，满怀斗志，一心想要干番大事业。他背着大包，四处梭巡，终于在一个细雨蒙蒙的傍晚，撑着那把黑色大伞从家里出发。我和父亲一起来到公路边。父亲忽然停了下来，扭头对我说："别送了，快回去吧。"我不想面对恼怒的母亲，执意再送父亲一程。他们刚刚吵完架，母亲气急败坏地把桌子掀了，甚至拿出了菜刀。父亲加快脚步，我紧紧跟在他身后。他的脚步终于慢了下来，"回去吧。好好学习，不要调皮，我过几天就回来。"他把手中的伞塞进我手里，身影消失在傍晚的激流和细雨的漩涡中。

那年夏天，阴雨连绵，常有暴雨突至。家门前的万峪河溃不成军，褐红色的河水陡然站了起来，跳上了公路，在堡坎上咆哮着，怒吼着。伸手不见五指的夜晚，村庄如同森林般幽暗，我总被母亲从梦中叫醒："你听，什么声音在响？"如闷雷般的轰隆声此起彼伏，河水在黑暗中聚集，气势磅礴地翻腾汹涌。村庄被河水包围，夜晚浸泡在锯齿状的阴影中。

母亲拿着手电筒，站在门口。白色的光柱穿过雨幕，划过漆黑的夜，摩擦着赤褐色的河水，在万峪河的河面上不安地扭动着。河面上，波涛汹涌。河水里闪现着的黑色影子，摇摇晃晃，发出模糊不清的声响。那声响犹如林间困兽在低语，又如大地被撕裂时含混不清的咒骂。

对岸的人家，是用天鹅绒搭建起来的黑暗迷宫。众神闭目的夜晚，不明物体在我脚边黏糊糊地游移。我睁着混沌的双眼，紧紧地抱着母亲的腿，寸步不离。母亲打着手电，从柜子里翻出外套，盖在我身上，拿起那把黑色的伞，抱着我冲出雨幕。

河水漫过堡坎，在我们的小房子里安营扎寨。母亲浑身颤抖，牙齿咯咯作响，就着手电筒里的最后一抹余光，我们越过黑魆魆的丛林，穿行于村庄的漆黑睡眠中，抵达远离河流的亲戚家。

这样的坏天气持续了一周，村庄慢慢枯萎。草木忽然发疯似的放肆生长，绿色哗的一声跑进屋子里，仓库里的麦子、稻谷、豆子钻出了嫩绿小芽，青苔像墙纸一般摊开。整个村庄都被浓郁的绿色包围。在闪烁不定的烛光中，被风吹得痉挛的森林猎猎作响，乌鸦聚集在村庄的夜幕里的啼叫越发惊心动魄。我坐在小板凳上，看着灶台上的松油慢慢燃尽，细细密密的雨丝敲打着黛青色的瓦。母亲忧愁的脸在时明时暗的灯火中，若隐若现。

朦胧中，我仿佛看到一双苍白的手抚摸着母亲的背。

云雀的鸣叫声渐渐朗润起来，炫目的白光透过窗子流泻进屋子，森林里溢满了阳光的香味，村庄像一只金黄色的梨子。赤褐色的浪涛退回森林，河水轻轻地拍打着巨石。那些原本供人洗衣、玩耍的宛如史前巨蛋的石头，在洪水的袭击下变换了队形。母亲说，深夜里听到像林间困兽的声响，就是这些被河水冲击的巨石在河间移动的声音。

住在河边的邻居，早已回到家中。母亲却带着我在亲戚家中长住下来。那双苍白的手便时常出现在我的视野中。母亲让我唤那双手的主人为婶婶。从此，森林里、田埂上、院坝里多了两个女人的身影。夜间，她们说话的声音便断断续续地在我耳边响起。

我看着角落里的那把黑色雨伞，时常想起父亲离开时的背影。茫茫雨幕中，父亲深一脚浅一脚地踏上了征途。任凭我声嘶力竭的哭喊声穿过傍晚、穿过雨幕，他始终没有回头。在我的眼泪中，父亲的身影越来越小，越来越远……我哭泣着在黄昏的细雨里四处游荡……

原来的那个家，母亲是不打算回去了。偶尔回去拿点衣服和日用品，门也就锁上了。那个闪烁着金黄色微光的午后，我从敞开的门缝里爬进了屋。屋子里，到处都是暴雨留下的痕迹，青色的苔藓俘虏了墙壁，在土黄色的墙壁上开出绿色的花儿。房间里，父亲的气息和洪水的味道融为一体，成为一种全新的味道。

当森林里的绿色消退时，父亲的第一个消息终于传来了。父亲在信里兴致勃勃地告诉我们，他已经在河南某个养殖场安顿了下来，等他半年后回来，要大干一场。父亲承诺要给我带一条花裙子，给母亲带治哮喘的药。

我好像已经看到父亲回来的样子：伸手不见五指的深夜，母亲抱着我躺在床上，门外突然传来一阵猛烈的敲门声，嘭嘭嘭嘭嘭，敲门声咄咄逼人，仿佛要把门给敲碎。我刚准备说话，却被母亲死死地捂住嘴巴。娘俩躲在角落里瑟瑟发抖。忽然，有一个熟悉的声音从天而降，敲门声停止了。母亲打开门，父亲拖着箱子站在昏暗的灯光下，我打着赤脚激动地冲出房间，父亲把我紧紧地抱住，举得高高的……我们在灯光下笑啊哭啊，那些让人提心吊胆的夜晚已经从父亲回来的那一刻飞远了。我迫不及待地换上新裙子，在昏暗的光线下跑着，跳着……

想象中这样的情景，让我激动不已。我掰着指头盘算着，半年到底是多少天，父亲到底什么时候回来。

半年过去了，父亲却没有回来。我无数次偷偷溜回原来住的地方，坐在院子里的石头上向着父亲离开时的方向张望。门前的万峪河，清浅的河水泛着银灰色的光，阳光下的流水，仿佛闪烁着成千上万个发光的斑点，无数颗星星坠在河水中。史前巨蛋耸立在河床上，孩子们常常爬上那些石头滑滑梯。流水的声音清脆如孩童的笑声，在午后闪烁着毛茸茸的微光。不远处的田野上，黄色的茅草闪闪发亮，干枯的艾蒿散发出阳光般浓郁的味道，风一吹，他们就在风的召唤下，陷入如梦如幻似的歌唱。

当山顶的雪在阳光的照射下，发出粼粼的白光时，父亲没有回来。当扶疏的黑色枝丫钻出嫩绿，空气中充满了桃花的粉色味道时，父亲没有回来。当火焰般燃烧的石榴花从枝头飘落，森林里弥漫着鸟儿缤纷的啾鸣时，父亲没有回来。

村里的人说，父亲在河南又成了家，再也不会回来了。还有人说父亲干活时,不小心从高空跌落,客死异乡。母亲坐在青翠的核桃树下,望着远方发呆,婶婶走过来,用她那苍白的手抚摸着母亲。

我不肯相信那些流言蜚语,然而父亲一直杳无音信。时间久了,父亲的面容在我的记忆里变得模糊起来,想起他的时间也越来越少。

二

父亲再次出现,是在五年后的一个闪烁着樱桃甜润气息的春天。

父亲把我和母亲接回了家。五年未见的父亲,像变了一个人。他一改往日的谨小慎微、轻言细语,餐桌上的他慷慨激昂,说到兴奋处还会拍起桌子。说起以后,他的脸庞上满是神采奕奕的红润光泽。而对于他杳无音信的那段日子,他闭口不谈,母亲渐渐沉默起来,家里的气氛便时常陷入静默的漩涡中。

这样的父亲,让我和母亲觉得有些陌生。很长一段时间里,我怀疑这个人根本不是我的父亲,我不再像小时候那样黏着他,甚至不愿意开口叫他爸爸。然而对于我的变化,父亲却像压根没有察觉,并不在意。

我们很快搬了家，搬到了父亲在镇上租的房子里。房子很大，深灰色的水泥像烟灰般裸露在空气中，房顶仿佛在水中浸泡过，浸淫着形色各异的图案。我们一下子有了十几个房间，还有一个被围墙围住的大院子。房子里有一个幽暗潮湿的储藏室，弥漫着琥珀色的酒香。蜘蛛和蟑螂在褐色的缝隙中纠缠不清。

父亲和母亲很快陷入忙碌中，他们运来金黄的沙子，小心地把它们铺在房间的地上……

我不懂他们到底在做什么，每天往返于学校和家中。那个双手苍白的婶婶来过两次，第一次来时，父亲不在家，母亲和她关起门来聊了好久。第二次来了不久，父亲就回来了。从此，那个婶婶再也没来过。

放学后，我总是穿梭于那些迷宫一样的黑暗房间里，绕来绕去。迷宫里很快被父亲堆满了一排排的沙垄。沙垄里埋伏着天麻种子。父亲每天给它们浇水、施肥，终于，它们长出了橙黄色箭矢一样的茎。

父亲欣喜若狂，搬出了我们居住的房间，和那些橙黄色的箭矢住在一起。那些时日，我总是见不到父亲的身影。他隐身在光线幽暗的迷宫里，一个人喃喃低语。

夏日的炽热光线吞没了芍药花缤纷的气息，鲜红的覆盆子在田野上游行，受邀去县城参加会议的父亲回来了。他的天麻种植，被镇上作为创业项目上报到县里。

那年夏天，父亲被县政府授予"农民企业家"的称号。许多人来我们住的院子里参观、采访。父亲欣喜若狂，带着一拨又一拨的人在房子里走来走去。

橙黄色的箭矢越来越高，像一片片橙黄色的小森林，箭矢上挂满了小小的橙黄色花苞。一个个橙黄色的风铃，虽然亭亭玉立摇曳生姿，但身体里却蕴藏着万千雷霆。

父亲焦急地看着窗外，等待夏风的吹拂。靠近窗子的几株天麻，在风的拥抱下已经成功授粉。然而染上了金黄色烟雾的夏风那么轻柔，那么细微，屋子里还有成千上万株天麻绽开花苞等待着它的亲吻。

父亲从祖父的遗物里，翻出了一本破破烂烂的旧书。他看着那本旧书废寝忘食，终于在一个午后，兴奋地大叫道：我找到一劳永逸的办法了。

父亲声称他已在书中学会了祖父的法术，他要捕风。我的祖父是当地一名很有威望的收魂人。在父亲年幼时，祖父就希望父亲能够继承他的衣钵，将他的法术传承下来，但遗憾的是那时父亲对此毫无兴趣。

父亲找来了一根赤褐色的尼龙绳，拴在窗子上，在房子里点起一堆火，红色的火苗腾空而起，渲染出一朵硕大的芍药花般的焰火。汗流浃背的父亲端着一碗琥珀色黄酒靠近那堆熊熊燃烧的火焰。

手持黄酒的父亲身轻如燕,仿佛一只乌黑的苍鹰蹲在细细的尼龙绳上,对着窗外的风,虔诚地念着复杂而隐秘的咒语……

后来,父亲多次指责我:"如果不是你贪玩,躲在门口偷看,不小心放走了我刚刚捕到的风,房子怎么会失火?"面对父亲愤怒的指责,我只能佯装无辜地撇撇嘴:"明明是你没有学会爷爷的法术。"

那一年,我们租住的房子因为父亲的捕风术而失火,父亲亏得血本无归。我清楚地记得,过年的前一天,大雪把陈旧的森林涂抹成闪着磷光的银色,五六个陌生人围坐在我们原来居住的老房子里,守在混沌的火炉旁。他们抖着膀子,不停地哆嗦着,绝不肯离开半步。他们都是来讨债的。父亲种天麻所用的原材料,尾款还未付清。父亲和母亲为了躲债已经好几天没有回来。

天色渐晚,雪停了。群山素白,远方一片沉默的辽阔,万峪河的流水声轻柔而绵密,那些人跺跺脚,借着雪的磷光远去。

三

种天麻的失败并没有打击到父亲,短暂消沉了一段时间后,他很快重整旗鼓,再次投入到他的大业中。

云雀的叫声闪烁着樱桃的光辉,幽暗的森林里弥漫着烟雾般的花香,像张开翅膀却又不停颤抖的风。日子被债务挤压成喋喋不休的争吵。

火焰般的晚霞在天空燃烧。父亲就在这样的黄昏,带着他的战果回来了。父亲砸下大笔银子,从货郎那里买回上千只鹅卵石般大小的鸭蛋。一家人对鸭蛋的真伪持怀疑态度,但父亲坚定不移地告诉我们:"这是新型鸭蛋。"

父亲征用了烤火用的屋子,开始了他的孵化之路。父亲再一次隐身在光线幽暗的屋子里,等待毛茸茸的鸭子从鸭蛋里爬出来。

讨债的人来了,母亲赔着笑脸,说尽好话,那些人骂骂咧咧地走了。因为交不起学费,我被老师赶回了家。母亲每天担忧地看着那间屋子,可父亲却早已失去了和母亲纠缠的耐心。每当母亲提起欠下的债务、我的学费、家里的开销时,父亲便双眼盯着那间屋子,一言不发。这时,他的脸上便显现出一种复杂又茫然的神色。父亲在那间房子里待的时间越来越久,不到万不得已时不会出门。

在母亲的指使下,我偷偷溜进了那个房间。房间里,脸色苍白的父亲蜷缩在墙角,他瞪大双眼,全神贯注地盯着那些鸭蛋。虽是暮春时节，可房间里却始终保持着炽热的温度。父亲的苍老被昏暗的光线所淹没。

父亲很快发现了我，把我赶出门去，并勒令我："以后不许进来，再进来打断你的腿。"

那些小鸭在幽暗的房间里破壳而出，没过多久就开始张着大嘴讨要食物。它们的叫声像冬日里呼啸而过的大风，蕴含着阵阵寒意。父亲看着它们的眼神深情款款而又无限狂热，像在看相恋多年的爱人，又像是在看大笔的财富。

我们的住所沦落为一个动物园，父亲每天围着上千只毛茸茸的鸭子打转。每个灰色的清晨，清澈的河水里，浮动着喧哗的影子。父亲站在河岸上，看着他心爱的鸭子，举起手对着阳光问好。父亲在母亲的攻势下，终于正视家里的经济问题，父亲再三承诺我："再等等，今年先休学一年，明年一定让你上学。"

父亲的举动再次引起轰动，被乡镇政府列为学习的楷模，那些讨债的人也不再骂骂咧咧，母亲松了一口气。全家人的日子似乎稳定了下来。

那段时间，父亲红光满面，眼神狂热，喜欢到处演讲。演讲时的他，浑身因激动而颤抖不已，双手在空中随意地比画着。那快速翕动的嘴唇吐露出一串串咒语般的长篇大论。父亲的演讲开始时颇受欢迎，大家都愿意停下手中的活听他高谈阔论,然而没过多久,乡邻们就烦躁不安,看见他便远远避开。父亲并不恼怒,上千只鸭子无疑是最捧场的观众。

父亲变得越来越古怪。那些黄昏,父亲总是眯着眼坐在院子里,阳光如同被幽暗覆盖的幕布。鸭子陆陆续续回到岸边,来到父亲跟前,那些赤褐色的啼叫便随着父亲的呼吸起起伏伏。

父亲蓬乱的头发稻草般堆在头顶,土黄色的胡子从他的两腮扩散到下巴,他总是一个人自言自语。他的味觉变得极其古怪,每日只吃一些开水泡饭度日。有几次,我看见父亲藏在草丛中吞食着什么,仔细分辨,他手中闪烁着白雪般光芒的正是月亮的鳞片——应该是这样的,我肯定没有看错!虽然我并不知道月亮有没有鳞片。

倦鸟闪烁不定的啾鸣穿过黄昏,召唤着夜幕的降临。父亲从椅子上起身,无数只鸭子拍打着翅膀,穿过开满紫色木槿花的篱笆,跟着父亲回到鸭舍里。

父亲整晚与鸭群待在一起,母亲总是一个人气哼哼地回到房间,一个人气鼓鼓地睡下,愤怒把她的脸变成了烟青色。父亲在鸭舍里叽叽咕咕地说着一些我们听不懂的话。我跟在父亲身后,父亲偶尔会把他的注意力转移到我的身上。他打量着我,眼神中的审视显而易见,透露出的陌生与防备让我心悸。

日渐长大的鸭子越来越与众不同,庞大的身躯带着节日的肃穆,雪白的毛发不染一丝尘埃,走起路来从容不迫,镇定自若。它们看人时凶狠的眼神,让人不寒而栗,只有看父亲时,眼神会柔和下来。我和母亲不小心惹到它们时,被它们追着满世界咬。很多次,我和母亲在村庄里不停地奔跑,后面跟着一群气势汹汹的鸭子,抻着长长的脖子,发出恶狠狠的叫声。我和母亲一度沦为万峪河乡邻们的谈资。

四

父亲松弛的脸庞像被万峪河里的流水漂洗过一般,不规则的头发盖住了眼睛,胡子早已在他的脸上生根发芽。他总是躺在那间饲养鸭子的房间里,皱巴巴的被子胡乱地搅成一团,被梦魇压迫的父亲在梦中发出模糊的挣扎声……

不管母亲说什么,父亲都不理不睬。愤怒的母亲一气之下在那间破旧的屋子里点燃了一把火,父亲这才惊慌失措地跑出来。

冬天刚刚解禁,万峪河的流水荡漾着春天的波纹,上万条闪着铅灰色光芒的鱼苗被父亲投放进门前的万峪河里。

春风辽阔,缤纷的阳光在春水的涟漪里追逐着那些游动、闪烁的斑点,无数条鱼在淡蓝色的河水里昂首阔步地游弋。

父亲顶着他那头杂草般枯黄的头发,频繁往来于万峪河与家中。很多次,父亲在乌漆墨黑的夜晚,打着快要熄灭的手电,敲响家门。母亲假装睡着,任凭父亲把门敲得咚咚响,一言不发。我忽然从梦中惊醒,用颤抖的声音惊恐询问来人是谁,当听到父亲的声音后,揉着睡意蒙眬的眼睛去给他开门。

某个月明星稀的夜晚,当我打开大门,并没有看到那个我熟悉的身影,一片静寂,环顾四周,我看到万峪河的河畔上坐着一个孤独的身影。

坐在河畔的父亲全然没有发现我的到来,他目光的旋涡正盯着波光粼粼的水面。月光倒映在流水里,像无数朵柔软、蓬松的梨花在水中颤抖、翻滚,又像流动的市集。月亮和星星距离我那么遥远,又那么近。夜晚似一只黑色的行李箱,把整个村庄装了进去。

我坐在父亲身边,可却感觉自己离他很远很远。黑夜浸泡在河水里,千万条鱼儿跃出水面。月光下闪着烟雾般柔软白光的鱼群,仿佛崭新而明亮的雪花在空荡荡的夜晚降落，寂寞又冷清。腾空的鱼群，对着满天的月光张大嘴巴，满足地吞咽。

吃月光的鱼？

眼前的这一幕，过于匪夷所思。多年前，吃月光的鱼曾流传于祖父一些断断续续的故事中，但自从祖父去世后，我再也不曾听说过，更从未想过这世上竟真有这样的鱼。

"我的身体里住进了一条鱼，一条以月光为食的鱼。这条鱼是在我二十岁那年和你祖母结婚时住进来的……

"当我第一次和你祖母吵架时，这条鱼就在五脏六腑中扎了根。每当我和你祖母大打出手时，这条鱼就挣扎着想要跳出来，但又一次次被我死死按住……"

祖父讲这些故事时，我尚且年幼，后来仔细回想，只能想起这些无足轻重的细枝末节。而现在，就在我家门前的万峪河里，居然真的出现了吃月光的鱼。

看着眼前的这一幕，我目瞪口呆。父亲忽然发出含混不清的声音："我的身体里住进了一条鱼，一条以月光为食的鱼。这条鱼是在我二十四岁那年和你妈结婚时住进来的……"

父亲的表述和祖父的故事如出一辙，仿佛只是一个人生在复制另一个人生，一个家庭复制了另一个家庭，一个丈夫复制了另一个丈夫。

那天晚上发生的事，我并没有告诉母亲。那个夜晚，成为我和父亲心照不宣的秘密。

闪电劈开幽暗的天幕，远方雷声轰鸣，清澈的河水忽然变成赤褐色，奔腾而来，雨哗哗地响着。大雨持续了两三天，万峪河里的水奔涌翻腾。父亲站在岸边，看着那些被他精心喂养多日的鱼随着河水翻涌，一起奔向远方。

日渐消瘦的父亲不再开口，就连那含混不清的声音也已彻底熄灭。然而雨还是下着，比多年前的那个夏天来得更加凶猛，更加让人心惊肉跳。河水已经跃上院坝，母亲收拾好东西，要带着我们搬家，去那个双手苍白的婶婶家借住。父亲却怎么也不愿意离开。

一场争执过后，那个暴雨滂沱的夜晚，母亲撑着伞拉着我，向婶婶家撤退，父亲像火焰燃烧后的灰烬，垂着头瘫坐在地上。我回过头去，看见瘫坐在地上的父亲慢慢枯萎，白色的鱼鳞悄无声息地爬上他的脸颊。眼前的这一幕与许多年前祖父的样子融合在一起。

父亲变成了一条鱼，一条吃月光的鱼。

我的身体里仿佛有什么东西正在破土而出，隐隐作响……

我什么也不会告诉母亲的。但我猜她其实什么都知道。

奔跑的月亮

那年秋天，父亲在镇上租了一栋房子，打算做点小生意。

房子很大，灰色的水泥墙面裸露着，十几个空房间，像迷宫一样通往未知之境。父亲孤注一掷，砸下大把银子，渴望能够凭借这次投资彻底改变现状。

父亲每日忙碌不休，像一台不知疲倦的永动机。我每天穿梭于各个空房间，乐此不疲地玩着寻宝游戏。父亲不忙时，也会笑呵呵地陪我一起寻宝。母亲虽然十分抗拒，但不得不接受事实。

种植天麻失败后，父亲开始走街串巷，收购黄姜，然后倒手卖给药材厂，从中赚点差价。空房间里很快堆满了装着黄姜的袋子，即使袋口扎得严严实实，黄姜的味道还是钻了出来。每个房间都游荡着那股苦涩的凉凉的中药味道，就连被子也未能幸免。我浸泡其中，窒息得就要无法呼吸了。我的同学总是关切地询问我是不是生病了，怎么总是在喝中药。我解释不清，渐渐地也就懒得解释了。

收购的第一批黄姜很快出手，父亲大赚了一笔，一家人的生活得到改善，父亲发家致富的梦想指日可待。母亲脸上的愁云渐开，挂上了许久不见的笑容。一夜之间，原本冷清空旷的房子变得热闹起来，很久不见的亲戚也不知从哪儿忽然冒出来登门拜访。母亲系着围裙，在厨房里兴高采烈地忙碌，烹饪好一桌又一桌可口的饭菜，喂饱他们的贪婪市侩之心。

学校里，每一位授课老师都对我越发亲切，我所有不懂的题目都能得到耐心的解答。这在以前是难以想象的。同学们也都众星捧月一般围着我转，以能跟我搭上话为荣。我从一个局外人忽然变成了众人关注的焦点。

一切看似都在朝美好的方向发展。

父亲不惜花费重金，到县城请人设计制作了巨幅广告，张贴在房子的外墙上，醒目得好像整个小镇的人只要一抬头就能看到收购黄姜的信息。我们租住的房子很快成为镇上规模最大的黄姜收购厂，那些种植黄姜的农民，源源不断地把黄姜运送过来。父亲的好心情溢于言表。他每天都很忙，叼着过滤嘴香烟忙着过秤，忙着倒手，忙着应酬，也忙着打牌。

父亲已经很久没有陪我玩寻宝游戏了。不知道从哪一天开始,父亲终日坐在一张方形小桌前,手里排列着花花绿绿的扑克牌。他把手臂扬得高高的,然后狠狠摔下。几张薄薄的扑克牌落在桌面上发出啪的一声巨响,像是某种挑衅。一局结束,站在一旁的看客摩拳擦掌地讨论着出牌的对错,情绪比当局者还要激动。父亲沉浸在扑克牌营造的虚假繁荣里。母亲对此怒不可遏,极力劝说着父亲,但父亲认为打牌也是一种社交方式。他们为此喋喋不休地争执着。

渐渐地,父亲开始夜不归宿。我知道引诱他的是什么——有时是麻将,有时是扑克牌。他端坐在牌桌上像一头威风凛凛的狮子。赌赢了,他笑意盈盈,把牌桌上的筹码一股脑儿揽在自己胸前;赌输了,他脸色铁青,将自己手中的筹码拱手相让。很多个深渊般的夜晚,母亲牵着刚下晚自习的我,打着手电去寻找父亲。找到父亲后,母亲并不开口,而是由我出面。我磨磨蹭蹭走到父亲面前,扯着他的衣裳,一脸乞求地对他说:"爸爸,我们回家吧。"父亲懒得理我,他的注意力仍然在牌桌上。在母亲的暗示下,我偷走一张牌,扔在他们不会留意的角落。很快,重新洗牌时,他们发现少了牌,四下搜寻无果后,不得不结束牌局。

没过多久,这一招就失灵了。有一次,我正偷牌时,被父亲的牌友抓了个正着。那些输急眼的人一口咬定,他带着孩子是来做局的。父亲狼狈不堪地赔礼道歉,并把那晚赢的钱悉数退还。

父亲的缺席,常常让我感到不安。每到夜晚,十几个连成一排的房间张着黑漆漆的大口向我敞开。我和母亲说话的声音在黑暗里跳跃,回荡,盘旋。因此我不敢大声说话,更不敢独自走出居住的房间,总觉得有什么东西埋伏在黑暗里,只等我一出门就将我猎杀。父亲在家时,这种不安会消失不见。

为了让父亲回家,我不再偷牌,而是换了一种更激进的方式——一把掀翻牌桌。我料定父亲不会为此打骂我,最多批评我几句,因此我在实施这一行动时,显得格外肆无忌惮。父亲果然没有发火,他只是在众人的注视下讪笑着把地上的牌一张张捡起,然后牵着我走在回家的路上。

尽管我的过激行为让父亲在牌友面前颜面尽失,但家里还是难以见到父亲的影子。有时我和母亲甚至不知他身在何处。或许是为了赌气,母亲也在家里组了牌局。她要通过这种方式,弄清楚父亲为何痴迷于赌博,为何有家不回。

冷冷清清的家里再次热闹起来。每个傍晚,我放学回家时,母亲还在牌桌上忘我地奋斗。房间里乌烟瘴气,地面凌乱不堪,扔满了瓜子壳和烟头。热气腾腾的晚餐已成为遥远的记忆，我只能搭着凳子趴在灶台上将中午的残羹冷炙热一热，匆匆扒几口就返回学校上晚自习。可晚自习结束后，那群像打了鸡血的人还没有散去，他们正围坐在牌桌前清点一天的战绩。

当母亲终于弄清父亲痴迷于赌博的原因时，她显然已经沉陷其中而无法自拔。尽管她做过种种努力，试图悬崖勒马，但都以失败告终。

有一天，父亲终于回家了。他一身疲惫，蓬头垢面，瘦削无比。我们都以为他厌倦了牌桌上的生活，回心转意了。但他刚踏进家门，我们就意识到，他是循着牌局的气味回家的。也就是从那一刻开始，他和母亲在各自的牌局中舍生忘死，每天将麻将声、扑克牌声持续到鸡叫三更。

堆满房间的黄姜成为被遗忘的废墟，而废墟里升腾起阵阵潮湿的霉味。那霉味越来越浓，像雨雾一样扑进肺腑。正是霉味的侵袭，父亲方才如梦初醒，黄姜已经很久没有打理了。他和母亲恋恋不舍地放下手感越来越油腻的扑克牌。待人群散去，他们摊开裹着黑色泥土的黄姜，绿油油的霉味潮水般涌上来。

更严重的危机很快到来。几乎是一夜之间，黄姜价格暴跌。父亲这个中间商终日守在电话机前，生怕错过药材厂打来的电话,然而电话铃声始终未曾响起。父亲急切地拨打着一个又一个电话,那些过去在牌场上和他称兄道弟的人,不是拒接电话,就是在电话里支支吾吾,或者干脆暂停合作。父亲这才想起来,之前的合作都只是口头承诺,并未签过一纸合同。几乎也是在一夜之间,父亲苍老了许多,那曾经散发出珐琅般光泽的眼睛变得毫无生气。

母亲开始喋喋不休地埋怨父亲,埋怨他不听劝阻执意做这个破生意,埋怨他沉迷于赌博,有家不回。父亲开始辩驳。他们的争执声越来越大,最终扭打在一起。父亲将母亲推倒在地,母亲爬起来拎着木棍朝父亲身上"招呼"……我吓得瑟瑟发抖,最终躲到了床底下。其实,我对这一切早已习以为常,在父亲做这个生意之前,他们就曾多次大打出手,只是这次比往日更激烈。战争结束时,我已在床底睡着了,母亲用木棍将我捅醒。我神情恍惚地爬了出来。母亲已恢复了平静。父亲坐在院子里,一动不动地盯着那些堆积成山的黄姜,目光里全是灰尘。

没过多久,售卖黄姜给父亲的农民纷纷上门讨债。父亲收购黄姜时,只给了部分订金,尾款尚未结清。可父亲和母亲一早就溜得不见人影,家里只剩下刚满十一岁的我。那些原本和蔼可亲的面容,忽然之间变得冷漠又疏离。他们的眼神是那样复杂，充满同情，却又带着愤愤不平，仿佛我是一个被遗弃的孩子，又仿佛是我窃取了他们的劳动果实。尽管我按照父亲口授的说辞一再强调："欠你们的债，父亲一定都会还给你们的。"但他们并不相信。

让我无地自容的是，我的两个同学也出现在这群讨债人里，他们代表着各自的父母。以前的我多么骄傲呀，像一只孔雀，然而现在，他们就在这人群中冷冷地看着我。他们看着我如何给债主端茶倒水，如何被债主奚落。他们的眼神充满了嘲讽和不屑。这曾经是我看向他们的眼神，现在他们把这一切还了回来。我知道，星期一的早晨，我家的事就会传进学校里的每一双耳朵。

那些讨债人苦等父亲无果后，不顾我的哀求，一拥而上，搬走了家里的电视机、电话机、电视柜、储物柜、椅子……就连橱柜里的米面也不放过。家里变得乱糟糟的，空气皱巴巴的，只剩下发霉的黄姜和哭泣着的女孩。两个同学因为力气太小，什么也没抢到，两手空空地站在那里看着我。忽然，其中一个同学拿起了扫把，开始打扫房间，接着，另外一个同学也拿起了扫把。他们什么也没说，但他们的行为安慰了我。我停止哭泣，和他们一起清理起房间。

星期一到来了。我本能地抗拒上学，抗拒同学和老师复杂又怪异的眼神。可我更不想待在家里，没有食物，没有家具，只有堆积如山的黄姜和静默的空气。这种安静让我心生恐惧，仿佛屋子里埋伏着怪兽，随时准备将我吞噬。

父亲和母亲当然会悄悄地潜回家，像贼一样。母亲把黄姜煮熟，喂饱我们咕咕直叫的肚子。黄姜的苦味狂野地肆虐着我的舌头，我的咽喉。母亲说，黄姜可以去火、止咳，吃下去就不会再生病。母亲憋着眼泪努力咽下生活的苦。父亲的肚子发出了饥饿的声音，他挺直的腰杆弯了下来。他皱着眉头费劲地咽下一口又一口黄姜，用唉声叹气表达着他的悔恨。我的肚子里装满了黄姜，甚至五脏六腑里都是黄姜，感觉自己也变成了黄姜，浑身散发着饥饿的苦味。我的眼睛是苦的，鼻子是苦的，嘴巴也是苦的。挥之不去的苦味，时时刻刻折磨着我。上课时，老师变成了黄姜，就连我的同学也成了一个又一个的黄姜。也许，在这浩瀚俗世里，我们都是渺小的黄姜。那是我第一次品尝到生活的苦。

我再也无法忍受黄姜，跑去了祖母家，舌头终于重新迎来食物多姿多彩的味道。祖母连夜送来了粮食和蔬菜，我们才得以摆脱黄姜的苦味。

时间一天天过去，黄姜依旧积压在家里，父亲变得暴躁不安，总是发火。母亲的一句话，我无意间的一个眼神，都能让他恼羞成怒。此时的他敏感而又狂妄。饭桌上，他开始追忆是如何挣到第一桶金的，回忆着他人生的高光时刻——尽管他还年轻，前不久才过完三十岁的生日，可他回忆过去的样子仿佛已走过了漫长的一生。当然也会有反省的时刻，每到这时他总是草草收场，眼神黯淡，语气惆怅。

在漫长的等待中，黄姜的价格略有回升，虽不能赚钱，但不至于血本无归。父亲很快抛售了家里积压的黄姜，还掉部分拖欠的尾款。剩下的债务，乡邻们同意日后还清。家里好歹有了片刻的喘息。

父亲和母亲不再愁眉苦脸，家里的气氛重新变得轻松。扑克牌和麻将曾被短暂地束之高阁，现在又重新回到了桌子上。冷清了一段时间的家，重新变得热闹起来。父亲和母亲在牌桌上各自大展身手。有人把麻将牌推得哗哗响；有人大喊着：和了；有人把扑克牌轻轻拿起又重重摔下。这样的情景和几个月前惊人相似，只是房间里不见了堆积如山的黄姜，只是父亲和母亲笑容里的愁云难以消散。

日子一天冷似一天，学校放了寒假，我每天给家里打牌的客人端茶倒水，赚取零花钱。我攒的钱越来越多，零零散散的钱已经塞满了我的零钱罐。看着罐子里的钱,我对自己说:这样也没什么不好。

快过年时,一群自称是少林寺的和尚来到小镇上。他们在一处空地上搭起帐篷,售起门票,宣称要表演少林功夫。刚刚在牌桌上赢了钱的父亲,心情好极了,决定带着我和母亲一起去看演出。母亲觉得门票太贵了,怎么也不愿意观看表演,但经不住我的央求,我们一家三口终于进入了帐篷。

看完了演出,我们一家三口手挽手走在回家的路上。月光很亮,牛乳般洒在路边的积雪上,冷冽的空气让我的鼻子发酸。我们都很开心,压在心底的阴霾随着这场演出短暂地消散了。

迎着月亮,我开始飞快地奔跑着。我跑得越来越快,越来越快,我感觉自己快要飞起来啦。

无人经过的森林

羽毛

父亲的抽屉里珍藏着一束羽毛。那束柔软的羽毛暗藏着彩色的光芒和清晨的灰烟，旋涡般的花纹在阳光下微微颤抖。

森林被绿色的釉彩填满，镂空的缝隙中闪烁着白色光点。风在无数个白色光点中游荡。每个深夜，我总能听到森林里传来的怪异鸟鸣。

母亲在房间里，弄出很大的声响。她站在柜子上，把储藏室里的东西高高抛下，勒令我：好好清理房间。

母亲的声音恶狠狠的，说话时那对细细的眉毛在脸上一跳一跳的。我总疑心那对细细的眉毛会忽然跳出她的脸庞。母亲砰的一声关上门，响亮的关门声把房间里的灰尘抖落，尘埃在光柱里狂飞乱舞。

天色一点点暗了下来，森林变成一道硕大无边的黑影。母亲在烧饭，浓烈而又诡异的香味在空气里发酵，菜蔬的清香和果实的香甜缠绕在一起。我们的晚餐是一盘盘看不清形状的东西,有点像煤灰,又有点像赤褐色的树叶。

吃完饭后,母亲躲进了房间,用一把绛红色的玛瑙梳子梳理自己的长发,那是一匹黑色的瀑布,像是森林的影子爬到了她的脖子上。

每个月固定的一个日子,母亲都会独自去家对面的那座森林,父亲则倒在柔软的床上陷入黑色的睡眠。任凭我在房间里制造各种噪声,父亲那连绵起伏的呼噜声不会有丝毫停歇。

母亲总是在天黑透了才回来,带回一身的疲惫和寒意。这个时候的母亲眉目疏淡,浑身散发着冷冽的气息,我把自己反锁在房间里,屏息凝神,不发出一丝声息。

母亲回来半小时后,父亲的鼾声缓缓停下,迷迷糊糊地嘟囔着:天怎么黑得这么快。杂乱的被子蜘蛛网般皱巴巴地裹在身上,而他那混沌的样子像误入蜘蛛领地的猎物。母亲踉跄的脚步声在我床前停止。我蒙着被子躲在床底,母亲趴在地上把我的脑袋从被子里扒拉出来。她琥珀色的眼睛在黑暗中散发出微微的光泽,她用嘶哑的声音问我,你怎么还没死,你怎么还没死?她此时一改往日不耐烦的样子,声音温柔而真诚,像在和我——她唯一的女儿在聊一件极其平常的事情。

我当然不会那么轻易地死去。在我很小的时候，曾矫情地认为我应该在童年时期就死去，那样就可以永远活在童年。现在，我的童年马上就要结束了，我却不愿意永远活在童年了。窗外的树影交叠在一起，细碎的鸟鸣声嘈嘈切切，像扯烂了一地的卷心菜。我是她的女儿吗？无数个这样的夜晚，我都会默默地问自己，然后又无比肯定地告诉自己：是的。我当然是她的女儿。镜子里那相似的眼睛，如同复制的鼻子无不宣告着我们的母女关系。然而，作为一个母亲，她并不爱我，甚至是恨我的。这是我在很多年以后才不得不承认的事实。

父亲对这一切了然于心。他知道母亲对我与日俱增的恨意，也知道我对母亲日渐强烈的不满，但他却假装什么也不知道。

事情发生在那个周六的下午。父亲倒在床上陷入无休无止的睡眠，母亲再一次离开了家。我一路尾随母亲进入森林。正是盛夏，外面的阳光强烈而耀眼，像发亮的刀子闪着冷厉的白光。森林里光线幽暗，大小不一的金色光点在枝叶间跳跃，光点的四周绣上了一圈赤褐色的花边。母亲纤细的身姿在一棵巨大的木瓜树后消失。

我见证了母亲的突然消失。像一阵风从头顶吹过，又像静谧湖面上荡起的一圈涟漪，转瞬就消失得无影无踪。午后的森林在寂静中轻轻摇曳，仿佛世间万物都陷入了深沉的睡眠。我在寂静中仔细聆听，只听到自己的呼吸声。青色的木瓜在枝叶的掩映下若隐若现。

母亲的突然消失给森林蒙上了一层神秘面纱。我四处查看，甚至大声呼喊，但母亲的身影始终未曾出现。我百无聊赖地坐在木瓜树下。木瓜树粗壮的根部竟然有一个洞。洞口狭窄，黑黝黝的，像一个看不清形状的花蕊，有细微的声音在洞里此起彼伏，我匍匐到地面，把耳朵贴近洞口仔细分辨，一阵若有若无的歌声盘旋在我耳旁。

我伸出手在洞里打捞，试图找到歌声的奥秘所在。忽然，一阵风吹来，枝叶婆娑仿佛无数只铃铛相互撞击发出的声音，清脆而杂乱，冷漠而神秘。我的后背凉凉的，巨大的吸力将我吸了进去。

眼前是一幅热闹又萧条的景象。街道的两边是各色各样的小店，小店里的商品摆放整齐。货架上，赤褐色的板栗泛着微微的光泽，诱人的烤红薯沁着琥珀色的蜜，冒着热腾腾的香气。餐馆里的桌子上，腊猪蹄汤锅发出咕嘟咕嘟的声音，黄酒斟在白瓷杯里，碗里是刚刚咬过一口的莲藕。四周安静得出奇，没有一个人影。

这条街道既陌生又熟悉。街道的走向，店面的布局，房屋的规划，都在无声地告诉我，这是万峪河——

我的家乡，那个自我出生从未离开过的地方。黄昏的街道上空无一人，却无不充斥着冰冷、僵硬的气息，像被谁绑上了一层厚厚的白色绷带。沿着熟悉的街道向前走，在十字路口左拐，前行三百米就是我们家的房子。

天渐渐黑了，空气中弥漫的香味越发诱人。"布由泽泽娜——布由泽泽娜——"是谁在唤我沉睡多年的名字，声音模糊而温柔，像一阵吹了很久的风。是母亲，却又不像母亲，此刻她正站在身后慈爱地看着我。街道两边的灯亮了起来。这是我从不曾见过的母亲。她温柔的眉眼，慈爱的神情我只在梦里见过，熟悉又陌生，显得那么神秘。

我磨磨蹭蹭地来到母亲跟前，她蹲下来，用那双苍白的手抚摸着我的脑袋，叹了口气轻声问道：你怎么到这儿来了？我不说话，只是看着她。

母亲牵起我的手，小声说：跟紧我，不要乱跑。除了我，谁和你说话都不要回答。她的手硬硬的，很冰，握在手里像块冻了很久的冰。我不由得打了个寒战。

我们走得飞快，我感觉自己快要飞起来了。是的，我的感觉没错，我的确飞起来了。耳畔的风呼呼作响，街道两旁的槐树快速后退，我的眼睛有点模糊，母亲的手上长出厚厚一层柔软的绒毛，可眨眼间又消失了。

我们在山顶停了下来。暮色降临，皎洁的月光一瓣一瓣地降落，然后重叠在一起。月光抚摸月光的声音，细微而轻盈。母亲把我的手握得更紧了。我的眼睛终于适应了山里的暗度，这才发现每棵树下都挤满了人，他们都有着一张沉默紧绷的脸，眼睛里没有一点温度。他们看我的眼神冷漠而疏离，像在看一个突然闯入的入侵者。山里很安静，听不到一点声音，就连蛐蛐的叫声也消失得无影无踪。我有些害怕，想要后退，但母亲的手那样有力，把我拽得那么紧。

高大的灯笼树下斜靠着的那个身影，正是向来对我疼爱有加的姨妈。一年前，她和姨父一同进山采药，姨父独自回家，姨妈却下落不明。这件事被乡邻们编织成许多个版本的故事，在小镇上四处流传。姨父归家后便病倒在床，口不能言，整日昏昏沉沉，少有清醒时刻。有人揣测，姨妈在山里遭了姨父的毒手。人们还说出了诸多细节，如姨父是如何将姨妈打晕，又是如何掩盖痕迹，村人对此深信不疑。姨妈家的两个表哥至今仍在四处打听姨妈的下落。母亲对于姨妈的消失，却态度平淡，仿佛这是一件再寻常不过的事。一日午后，我从储藏室出来，听到了母亲对一个我不认识的人说，她怎么样了？母亲没说她是谁，但我却有一种直觉，母亲口中的"她"指代的就是姨妈。

姨妈此时就站在不远处，这种滋味就像最珍爱的弹珠失而复得。我挣脱母亲的手,直直地冲了上去,并高声喊着:"姨……"刚刚喊出的声音化成了模糊的呜咽,母亲的手已紧紧捂住了我的嘴。母亲的手冰冷,有些黏糊糊的。姨妈看我的眼神闪过刀剑的影子。

姨妈向我们走了过来,眉眼含笑,像往日一样亲热地对我招手:布由泽泽娜,到我这儿来。姨妈的笑容是那样熟悉,看我的眼神和往昔一般饱含疼惜与慈爱,这让我怀疑刚刚一闪而过的眼神只是一种错觉。

我迈出腿向姨妈走去,却被母亲一把拽住。母亲的力气很大,拽得我趔趄了一下。姨妈的笑容凝固了,继而露出似笑非笑的神色。母亲捏着我的手,压低声音说,别出声。我看到母亲的手背上钻出一些白色的绒毛,细细软软,被风吹得格外蓬松。姨妈耸动着鼻子,绕着我和母亲走了一圈才退回灯笼树下。

月亮的光芒覆盖了山顶所有的角落,窸窸窣窣的响声从周遭传来,那些人慢慢聚集起来,登上山顶最高的那块石头。那块石头,呆呆地立在山顶,看起来再平常不过,只是长得又高又大。母亲也加入了那支队伍。月亮越来越亮,闪耀着杏子一般金黄色的光,仿佛白昼。那些聚拢的人,张开双臂,扬起脸庞,拥抱月光。他们的手臂上慢慢钻出了羽毛,接着他们的脸上也钻出了细细的绒毛。那羽毛光彩夺目,在月光下熠熠生辉,仿佛月光在羽缎上流动。看着他们的样子，我觉得我的身体很痒，仿佛深藏在身体里的秘密就要脱口而出了。

他们站在石头上，嘴巴里发出闪烁不定的啾鸣，像蒙着一层薄纱，又像隔着一团迷雾。母亲的脸隐藏在我看不到的阴影里。这让我惶恐不安，又让我满怀好奇。迷雾散去，我忽然发现我竟无师自通地听懂了他们的语言。他们正在讨论我的去留。母亲主张留下我，姨妈和其他人却要求尽快送我离开。母亲很快败下阵来。

母亲把我安置在一棵叫不出名字的树上。树很高大，树梢几乎要碰着月亮，树叶散发出五彩缤纷的光芒。我轻轻松松爬上了树，仿佛爬树是我与生俱来的本领。这实在是件奇怪的事，在此之前我从未爬过树，更没有想过爬树竟如此容易。我找到一根枝丫，骑坐在上面。母亲坐在我旁边的树叶上，我想要说话，但在她的眼神制止下，我熟练地吞下所有的声音和疑惑。母亲没有继续看我，很快就闭上了眼。树叶的背面闪烁着微弱的柔和光芒，像这个神秘世界的另一个回声。在我百无聊赖之时，姨妈悄无声息地站在树下。我想溜下树，刚一起身就被按下。

我感觉很疲惫，头昏昏沉沉的，迷迷糊糊中我感觉周围有无数只眼睛在打量着我，但我什么也顾不上。

当我醒来时，发现自己躺在木瓜树下。四周阒然无声,微风轻轻拂动木瓜树的枝叶,仿佛什么也不曾发生。

我若无其事地回到家中。父亲还坐在桌子前喝酒,滚烫的黄酒在白色瓷碗里腾出袅袅烟雾,他的头发野草般乱糟糟地堆叠在一起,胡子一夕之间长了许多。母亲还是那副不耐烦的样子,说话时眉毛总是一跳一跳的。当他们抬起头看我时,我总感觉有点冷。

日子还和以前一样,那晚的经历像一个怪异的梦,但我清晰地知道那并不是梦。母亲仿佛知道什么,但又仿佛什么也不知道。

对面的森林里又传来怪异的鸟鸣,父亲和母亲对此无动于衷,他们总告诉我,你想得太多了,什么声音也没有。在被鸟叫声吵得忍无可忍时,忽然发现我的手臂上钻出了白色的绒毛。

父亲与阿尔杰

我带着潮湿的阴影,从幽暗的森林归来。森林深处,五彩缤纷的喧哗,在我耳边飞驰。

母亲说,不要靠近那片森林。不要离开妈妈。

躲在储藏室的父亲,还在研究扑克牌里隐藏的秘密。

森林里的甲虫爬进了我的耳朵,我的心里。

几天后的一个傍晚，我突然无师自通地唱起了含混不清的歌谣。原本躺在床上的母亲，像受了惊吓般陡然坐起。她的眼睛里盛满了冰冷的水波。

母亲说，你不是我的女儿，你的魂魄丢在了森林里。

母亲请来了收魂人。

收魂人穿一袭长长的黑袍，半张脸隐藏在黑色幻影中，眼睛布满白翳。豁了牙的嘴巴里装满不为人知的隐秘。他拿着我穿过的旧衣服，站在院子里的槐树下，点燃一炷香，绕着老槐树左转三圈、右转三圈后，试图在一碗清水里竖起一根削尖的筷子。我的旧衣服在红色的火焰中化为灰烬。收魂人在火光中吐露出大串殷红色的收魂咒。母亲在通往森林的小路上，大声唤着我的乳名。筷子在碗中站起又倒下……

我站在院子里，看到暮色即将覆盖森林，老槐树摇曳出破碎的影子。母亲站在森林的边缘，反复呼唤那个陌生而又熟悉的名字。夜晚浪潮般涌入村庄，森林变成一片黑雾弥漫的沼泽。

咒语声中，那些熟悉而奇异的面庞在我眼前一一浮现。呼声的尾端，我看到了她，那个误入森林深处的姑娘——她站在我面前，神情紧绷。她看了一眼那间储藏室，又看了看森林边缘的身影。月亮跌落在万峪河的流水中，摔成一颗颗闪烁着蜂蜜般光芒的星子。她赤裸着身子,皮肤上是毛茸茸的樱桃红。我知道,再过不久,她的皮肤就会像森林里的其他人一样,变成牛奶色。

夜深了,我躺在床上,母亲问了我很多问题,汗水从我的额头沁出,手掌心变得黏黏糊糊。母亲笑起来,眼中赤褐色的阴影撤退到角落,冰冷的水波渐渐消融。母亲的声音渐渐变得模糊不清。她陷入了一种奇怪的黑色睡眠。

那个形似父亲的男人终于从储藏室里走了出来。

他踩着旧拖鞋,故意在房间里发出刺啦刺啦的声响。他端起酒杯,酒杯的影子驮着酒香在屋子里飞呀飞。母亲像干涸的池塘,浑身散发着淤泥的气味。昏暗的灯光下,我惊异地发现父亲没有了影子。

深夜,整个万峪河陷入一片寂静的虚无,灯光照不到的阴影里长出毛茸茸的青色苔藓。

储藏室被父亲用一把黑乎乎的大锁锁上了。每个夜深人静的夜晚,我总能听见储藏室里响起阵阵呓语,它们像一串串模糊不清的诅咒。母亲摸黑走进闪烁着光斑的夏夜,跌进燃烧的火焰中,此起彼伏的梦呓在村庄上空游荡。

父亲带着满身酒气在房子里来回走动。

恍惚中,一团行动敏捷的影子从门缝中游了进来,在房间里发出微不可闻的声响。影子飘浮在空中,居高临下，仿佛在巡视他的领土。他游到了床边，我闭紧双眼，竭力控制呼吸。那团影子似乎在床边停留了很久。

那个夜晚以后，父亲重新退回到那间乌漆墨黑的储藏室，沉浸于一串串像棉絮般破败不堪的呓语。邻居提起父亲时，母亲总会不自觉地朝储藏室瞟上一眼，然后迅速地捡拾起掉落在地上的其他话题。

那团黑影在房间里四处游走。我总在房间里闻到屎壳郎的味道。是的，我确定那是屎壳郎的味道。我记得在那片无人经过的森林里，我曾闻到过这种味道。这种味道让我恶心，想要呕吐。母亲说我的鼻子出现了问题，被屎壳郎的味道所蒙蔽。母亲说这话时，眼神冰冷，充满质疑。我闭紧嘴巴，闭紧鼻子，不让自己发出一丁点儿声音。

黑影渐渐有了人的轮廓。房间里，那股屎壳郎的味道一天浓似一天。母亲找来父亲的旧衣给他穿上，他便咯咯笑起来。笑声清脆而爽朗，充满了力量感。那笑声总让我想起父亲，以前父亲也是这样笑的。我是说很久以前。

母亲给黑影取了个名字，叫阿尔杰。阿尔杰对母亲有着莫名的依恋。母亲去哪里，他便寸步不离地跟去哪里。母亲做饭时，阿尔杰就在旁边烧火。母亲洗衣服时，阿尔杰帮她晾衣服。母亲外出晚归时，阿尔杰拿着手电去接她。母亲紧缩的眉头打开了，脸上出现火焰般的神采。

母亲教他说话，从最日常的词语开始。他张大嘴巴，用一种奇怪的语调笨拙地喊出森林、天空、万峪河这些词语时，我忍不住拍手大笑起来。阿尔杰闭上嘴巴，脸涨得通红。母亲恼怒地勒令我：闭嘴，不许笑。我感到我的嗓子有点发痒，有些难受。我捂紧嘴巴，蒙住眼睛，森林深处的甲虫又爬进了我的耳朵里，爬进了我的心里。

母亲重重地将我推开。阿尔杰露出滑稽而凶恶的表情，甲虫忽然从嗓子里跳了出来，眼泪无声地落了下来。母亲变成幻影，她的身影越来越模糊。窗外，老槐树的魅影彻底摊开，像一簇冰冷的火焰。

我必须把眼泪憋回去。这个时候，我特别想念父亲，储藏室里不知何时已经安静了下来。我趴在地上，朝门缝里张望，昏暗的光线下，储藏室里萦绕着白色的烟雾，一个头发蓬乱的老头正翻着一本破烂不堪的书，这个人让我感到陌生。那个人是我的父亲吗？也许吧，但在看到他的那一瞬间我忽然不想哭了。

当阿尔杰能够把一件事完整地表述清楚时，已到了寒冬。天黑得越来越快，寒意从森林中溢出来，悬挂在万峪河的头顶,白霜在青瓦上剪出漩涡般的窗花。炉子里盛开出蓝色的莲花。母亲常常坐在火炉旁,等着我放学回家。

橘黄色的灯光在颤抖的空气里长出慵懒的花枝。母亲打开火炉,烤红薯香软甜糯的气息在空中游荡。我乖乖地坐在椅子上。母亲说,太烫了,你要小心。

寂静的冬夜里,村庄变得空旷而冷清,每一点声响都被无限放大。夜间,我听到储藏室里传来窸窸窣窣的声音。父亲终于再次从储藏室中走出。他背着一口铁锅离开了家。

对于父亲的离开,母亲似乎早有预料,又似乎毫不知情。以前,母亲总会让我把饭菜放在储藏室的窗台上,但自从父亲离开的第二天,母亲就不再给父亲留饭了。阿尔杰的笑声在房间里回荡,在我的耳朵里盘旋。这突如其来的笑声揭开了母亲绚丽多彩的新生活。我讨厌他的笑声。他让我充满了危机感。从某种感情上来说,阿尔杰代替了我和父亲。我知道早晚有一天我也会离开这里的,就像父亲一样。

很多个无人的黄昏,我打开储藏室的门,一个人待在里面搜寻着父亲的气味。父亲已离开多时,房间里弥漫着腐朽的味道。微弱的光线从窗子里透射进来,光柱里的尘埃飞舞,仿佛寂静的回声。储藏室里的那张床那样窄小，被子随意摊开着，那鼓起来的地方仿佛蛇在舞动。这是独属于父亲的房间。只有在这个房间里我才能享受片刻安宁，那股难闻的屎壳郎的味道才会消散。

母亲看我的眼神越来越复杂，怀疑、愤怒、嘲讽，这些晦暗不清的微妙情绪在她的眼中一一闪过。阿尔杰开始说出一些漩涡状的长句子，母亲的脸上时常闪耀着可疑的潮红。母亲身上的味道渐渐被屎壳郎的味道遮蔽，甚至覆盖。

一个形迹可疑的黄昏，我在储藏室的床底下找到了一本书。那似乎是父亲常翻的书。是的，一定是这样，我没有记错。书中的图画和字迹看起来是那么陌生，像森林里互相遮蔽的树冠。在快要枯萎的树冠中，我努力分辨那些模糊的字迹。母亲的笑声仿佛影子在屋子里环绕，在村庄上空飘浮。

夜深人静时，我一次又一次打开那本破旧的老书。有一天，忽然明白那本书所指引的方向正是那座无人经过的森林。

村庄对面的那座森林浸泡在清冷的月光里。山里住着一群永远也无法长大的精灵，它们被遗忘在时间的长河中。母亲说，我的魂魄丢在了那座森林里。现在，我要再次进入那片森林，去寻找我的父亲。

旷阔的夜晚，森林的背面闪烁着湿润的白光，枝叶在微光中轻轻摇晃。来吧，来吧。有什么声音从森林深处传来，充满了神秘的引诱。

那股浓烈的屎壳郎的味道让我感到眩晕，萤火虫在树木的枝叶间游弋，仿佛一个个不停旋转的花苞。地上潮湿而肃穆，赤红色的松针落满森林。我沿着微光向前走着，身体摩擦着乌鸦的阴影，树枝在脚下发出细微的声响。森林深处，四野寂寂，那群赤裸着身子的精灵在树梢推推挤挤，拐着弯的笑声如林间汩汩流淌的山泉，清澈，带着白雾般的糖霜。布由泽泽娜，布由泽泽娜。这个名字熟悉而又陌生。我抬起头看向那棵山毛榉树，精灵居高临下地看着我。布由泽泽娜，你还好吗？怎么回来了？精灵的声音满怀关切。我是露切尔，你还记得吗？精灵见我一脸疑惑，追问道。

有什么念头在我脑中一闪而过，我需要想一想。露切尔，露切尔，我似乎想起来了。树上的这个精灵曾是我最要好的朋友，我们曾一起在这座美妙而奇幻的森林中游荡多年。很久以前，我是这群精灵中的一员。我还模糊记得那个下午，一个眼神恍惚的女孩误入森林深处，她请求不再回家，留在森林里。我立即答应了她的请求。从此，我们交换了人生。我代替她回到家里，变成了另一个女孩，而她永远停留在时间的长河中，不老不死，成为了母亲口中的精灵。

森林中的生活是什么样子的呢？我的记忆早就模糊不清了，只隐约记得日子无聊而又慵长，没有什么能让我打起精神的事。布由泽泽娜，外面好玩吗？露切尔在树梢荡了个秋千，落到了地上。我还记得我离开这里时，我们差不多高，而现在我已经长高了许多，她还是像以前那样，没有任何变化。布由泽泽娜，你长高了。露切尔惊叫起来，树上的精灵哗啦一声全溜下了树。它们围着我，问起了外面的生活。精灵散开后，那个女孩怔怔地看着我，眼神里闪烁着五彩的光芒。我认出了她，那个和我交换了命运的女孩。我们相互注视着，谁也不说话。

顺着女孩的指引，我来到了森林里的最高峰。冷清的月光下那个孤独的身影，是父亲吗？他的样子看起来那么怪异，像许久前我认识的那个父亲，又像阿尔杰，像一张没有感情的扑克牌，更像一棵腐朽的枯树。

父亲看见了我，却什么也没说。他正用从家里带来的铁锅煮东西。爸爸，你在做什么？我问他。过了很久，我以为他不会回答时，他说他在炼金。我伸出头看向锅里，锅里只有一锅快要溢出来的清水，水中倒映着冰冷的皱巴巴的月亮，星子在水中闪烁，散发出金黄的光芒。父亲用一把巨大的铲子，不时在锅里搅动。汗水从他的额头滚落，落进锅里。火焰舔舐着漆黑的锅底。

水渐渐沸腾起来。那些星子在铲子的搅动下变成无数个琥珀色的迷宫。参差不齐的迷宫黏在一起,形态各异。

父亲闭上眼睛,一大串殷红色的符咒从他口中吐出。他瘦弱的身躯迎风站立,背后的森林漆黑,像一个装满风暴的袋子。火光照亮了父亲的脸颊。

该死的,那种难闻的屎壳郎的味道又来了。

忍冬

一

薄暮时分，长短不一的鸟鸣繁密如槐花，此起彼伏，接连不断，锦鸡早已啼过几遍，我在小院里焦急地走来走去，渴望在临行之前再见祖母一面。天色暗了下来，灯光下的老槐树摊开成一个摇曳的黑影，枝叶间飘浮着几缕淡淡的光线，像槐花又像白雀儿。二伯从堂屋里搬出椅子。我拒绝坐下，依旧在院子里焦急地等待着。

几个月不见，祖母忽然矮了许多，身高同三四岁的小孩一般。她扛着锄头，手里拿着几个土豆，从开满紫色木槿花的小路过来，依旧是那身湖蓝色对襟褂子，左肩上打着一个深蓝色的补丁，只是没有戴那顶黑帽子。

见到我，她很欢喜，忙把锄头和土豆放下，拉着我的手仰头问什么时候来的，结婚了过得好不好，有没有被人欺负。她看着我的眼神慈爱而怜悯，像无数次我号啕大哭时安慰我的样子。大黄摇着尾巴从屋里跑出来，在她脚边嗅来嗅去，眼睛偶尔瞟向我，神情茫然而陌生，好像从不曾见过我。黑猫蹑手蹑脚地从槐树上跳下来，又一下子跃上她的肩头，冲着我张牙舞爪喵喵乱叫，尖锐的牙齿逼视着我。屋后的山像个巨大的坟墓，罩住院子里细微的生活和热爱。我们像生活在一个巨大的坟墓里。

我蹲下来一一回答她的问题，说着说着就忍不住伸手去抱她。她的身体柔软而暖和。她用双手环住我脖子，乖巧地趴在我肩头。黑猫恶狠狠地瞪着我，碧绿的眼睛闪烁着冰冷阴鸷而又神秘的光芒。大黄半蹲在地上，警惕而慵懒。

我忽然决定不走了，晚上就留在这儿。她听我这么说很高兴，忙进屋打水洗手，准备做晚饭给我吃。

灶台很高，看起来不足一米的她只能站在凳子上炒菜。我把她抱到灶膛后面，让她添火。我们俩絮絮叨叨地聊天，情景同多年前并无多大的区别。

吃完晚饭，天已黑透，我们坐在老槐树下聊天。我忽然伏在她腿上，恳求她和我一起离开这里，余生让我来照顾她。她百般推托，我执拗地恳求。她拗不过我，只得答应。

我们决定立即出发。我抱着她，她抱着对我虎视眈眈的黑猫和大黄。我们一起飞进无边的夜里。

漆黑的夜晚，一束若有若无的光线跟随着我的身影。风从我耳边呼啸而过，脚底是黑魆魆的树影和一望无际的虚无。一串串晶莹的水珠不断发胀、发亮，眼看就要炸裂，变成倾盆大雨，却又转瞬消失在光束里的尘埃中。黑暗中，有什么声音像从很远的地方传来，又像从土地里升腾而起，模糊而神秘，在风里飘浮不定。黑夜的寂静将神秘的声音凸显出来，像浮在空中的一声声尘埃般的叹息。那是祖母唤我乳名的声音，小心翼翼却又颤抖着的声音，饱含着慈爱和怜悯。

祖母曾告诫过我：天黑了，无论听到谁在远处唤你的名字，都不要应声。那是神刻意模仿别人呼唤的声音。一旦应声，就会有神勾去你的魂魄。想到这里，我拼命地闭紧嘴，费力地咽了口唾沫，抑制住想要回应的欲望。我侧过头斜着眼去看祖母。此刻，她早已伏在我的肩上睡着了，鼾声平稳。大黄和黑猫也蜷缩成一团。那呼唤还一声接一声地在黑暗里穿梭，我费尽全力才能控制住自己不去应声。

这一声接一声的呼唤，分明是祖母在给我"叫魂"。我不由自主地要应声，黑猫忽然叫了起来，声音凄厉而惨烈，这声音仿若一道闪电，划破了寂静而又漆黑的夜晚。

伏在我肩头的祖母忽然开口。我们靠在一棵光秃秃的槐树上。槐树老了，皲裂的皮肤暴露在夜的剪影里，早已没有了百合般的腰肢和乳白的香味,树心里只有一个碗口般大小的洞,仿佛若有光。黑猫瞪大眼睛,围着洞口嗅了嗅,那弯起的身子仿佛一张弓,随时准备进攻。大黄紧盯着洞口,浑身的毛立了起来。

祖母看着我,眼神里注满了温柔和疼爱。就到这儿吧,你回去吧。祖母说完这句话后,就和大黄、黑猫一起跳进了洞里。

祖母消失了。在我的眼前消失了,除了那洞口,寻不到一丝她来过的痕迹。

我既生气又难过,觉得祖母背叛了我,把我一个人扔在这漆黑的夜晚,扔在这险恶的人间。

二

我抽泣着从梦中醒来,窗外一片漆黑,正是黎明时分,隐约听到邻居的咳嗽声、马桶抽水声,那个梦境总在我眼前晃悠,挥之不去。

兴许祖母有什么话捎给我。我望着天花板,试图破解梦的密码,然而这一切只是徒劳,梦里的一切都处于可解与不可解之间。

我已彻底失去与她对话的能力。闭上眼,悠悠往事又都浮现在眼前。

黄昏时分，祖母身披落日的余晖从山上归来。绚丽的云霞在天边慢慢飘荡，暮春的燥热已渐渐退去。

篮子里的忍冬花被倒进簸箕里。我从院子里飞奔过去，将忍冬花的身体摊平，不让它们因为相互挤压而发热。我顺手捞起一朵已经盛开的忍冬，轻轻地抽出细洁柔嫩的花蕊。花蕊上坠着的那滴晶莹剔透的花露，便在我的唇齿间游走。

天快黑了，院子里晾晒的忍冬花进了袋子里。那是祖母昨天才从山上采下的。

晚饭后，我和祖母坐在院子里的槐树下，灯光把暮春的夜晚照得发黄，槐树潮湿的阴影投射在地上，像一把四处漏雨的黑色大伞。清风拂过，槐树的腰肢越发袅娜，忍冬花独特的清冽的香气萦绕在呼吸间，像一碗甘甜而略带凉意的井水。

忍冬花的枝叶在祖母的手中辗转，花苞从枝叶间脱落，扑向身下的竹篮。祖母的手被花的汁液涂满，裸露在外的皮肤早已被强烈的阳光晒成古铜色。祖母视力模糊，僵硬的手指依靠习惯在花藤里巡逻。她的手指只有在摘花苞时才变得灵巧。

我拿起一把花藤，将之粗暴地绾成花环，戴在头上，霎时间便感觉自己有了法术，完成了华丽的变身。

大黄趴在我脚边，时不时地冲出院子对着空气狂吠。狗叫声惊醒了黑猫，黑猫站起身来伸一个懒腰，慢悠悠地拐进了屋子里。

夜晚像乌鸦的羽翅，幽暗而深邃。整个村庄都已沦陷在冗长的黑夜里。四周长满碧绿的苔藓和细碎的阴影。房子里的灯还亮着，透过窗户只看得到一片琥珀色的光亮。四野寂寂，黑暗仿佛无边无际的大海将我们紧紧包围。屋后的山脉影影绰绰，不太真切，只剩下此起彼伏的黑黝黝的轮廓。

星光四溅。繁密的星子仿佛一束挂在屋顶上刚刚怒放的忍冬花，炽热，明亮，又清冷。天边的月亮用疏淡的光辉拥抱着我。祖母说，不要用手指月亮，月亮会把耳朵割掉。我感到害怕，因此我玩耍时总是战战兢兢，我怕手四处乱晃，月亮会误以为我在指它。睡觉时，我总把手放在被子里，避免不小心指到月亮。我把耳朵藏进被子里，藏进黑暗中。

我摘下手里的花蕾，把顶端的花冠轻轻撕开，造成它自然开放的假象。抽出一根花蕊，再抽出一根花蕊。被扔在一边的忍冬花，残破不堪，一副忍辱偷生的神情。我端详着它们，仿佛夜晚已将我遗忘。我将花蕊含在嘴里，雪白的胡须便狂野地长在我的脸上。

祖母的故事大都这样开头：很久很久以前，山上住着一个美丽的姑娘……我不明白,为何姑娘总住在山上,为何书生总在夜间赶路。

我的眼睛开始黏在一起,祖母的声音仿佛在耳边,又仿佛在天边。忍冬花的香味也朦胧起来,仿佛阵阵蒙着雾气的鸟鸣,时远时近,时浓时淡。

醒来时,我已躺在床上,祖父的咒骂声从隔壁传来。他怀疑祖母要害死他。卧病在床的他看不到祖母的辛劳、眼泪和痛苦。

我闭上眼把祖父的声音隔绝起来。黑漆漆的房间仿佛要将我吞噬,周围到处都是故事里勾人魂魄的狐狸、野鬼。我哭着尖叫起来。祖母从院子里奔来。黑暗中,她的身上犹带着忍冬花清冽的香味。她用手轻轻地摩挲着我的头,我的脸,我的背。我忽然感到害怕。我怕祖母是故事里的狐狸变幻而来,只等我放下戒心便一口一口把我吃掉。我央求她说话,以此来打消我的疑虑。她粗糙而慈祥的声音在黑暗中飘荡,也像是沾染上了忍冬花的气息。

再睁开眼已是上午。暮春被浸泡在夺目的白色光线里,房屋、田野、溪流充满了火焰般悲壮的明亮。银色的阳光将世界切割成两块,一块是悲壮而孤独的白昼,另一块是漆黑而温暖的夜晚。

早饭在锅里温着,祖母已上山去采摘忍冬。我将晾晒在簸箕里的忍冬重新排列，以便它们均匀地接受阳光的爱抚。槐树下，还有祖母昨夜未完成的工作。拾起忍冬藤，我灵巧而柔软的手在忍冬的枝叶间翻飞，花蕾从我指间簌簌落下。

祖母一连大半个月都在山上辗转，走得越来越远。忍冬花在村庄里奔跑，速度越来越快，昨天还是花苞，次日便纷纷盛开。雪白的、金黄的花朵仿佛要将整个村庄覆盖。村庄绽出灿烂的笑脸。祖母不得不用更快的速度疯狂地追赶，村庄附近不曾盛开的忍冬花苞均已被村民采尽，剩下的也都已开花。祖母只能去更远的地方，去陡峭的人迹罕至的山上。开始时祖母一天能采五篮忍冬，后来一天只有一篮甚至半篮的收成。五月结束了，忍冬的花期也过去了。

祖母将忍冬晒干，择净，装好，用扁担挑起两只装得满当当的口袋起程。我们走过崎岖而漫长的山路，口袋里散发出清冽的香气。我们来时的路都染上了芬芳。祖母将装满忍冬花的口袋递给药店老板，以此来抵销祖父看病赊欠的药钱，略有盈余便攒起来，给我做学费。

祖父早已与大地融为一体。我渐渐长大，不再需要祖母没日没夜地采摘忍冬给我换取学费，然而每到暮春时节，祖母依然提着篮子在村庄周围游走。她的身上依旧充满忍冬花清冽的气息。

三

夏日的燥热被秋风撕开了一道口子，包裹着村庄的炽热光线渐渐暗了下来。

一场秋雨过后，村庄在细碎的光影中起伏。祖母将一大桶溪水倒进木盆里。浸浴在溪水中的糯米，仿佛要吐露出身体里无人倾听的秘密。院子里水杉红色的树叶仿佛火烧云，变得狂野而凶猛。木盆里荡漾着它们绯红的倒影。被夕阳抚摸过的糯米，在红水杉的阴影下喃喃低语。

带有凉意的溪水和温暖的阳光，在糯米乳白色的身体里轻轻摇晃。在秋天的羽翅下，糯米变得饱满而丰盈。

暮色四合时，村庄沦陷于幽暗的光晕中，和群山融为一体，分不出边界。山上的树木已难以分辨，只见得到绵延起伏的山脉的轮廓。灯都亮了起来。橘黄色的灯光将我从暮色中打捞而出。水杉重新染上铁锈一般的绯红。祖母把一床竹席盖在木盆上，以防止看不见的脏东西掉进盆里。

月亮挂在山顶上，挂在树梢上，挂在屋檐上。它清冷的光辉，散发出天鹅绒般柔软而隐秘的光泽。山脉被月光映衬出虚幻的气息，带着某种不可言说的神秘诱惑。月光下，祖母的银发被秋风轻轻撩起。

祖母将饭桌摆在院子里,饭菜便被月光覆盖。光怪陆离的故事在饭桌前缓缓展开:石猴汲取了日月精华,有了通灵之意,时间一长竟变成了一只活蹦乱跳的猴子……

糯米也汲取了日月精华,是不是可以变成糯米精?堂哥总在我听得起劲时插话,仿佛世间的一切事物只要汲取了日月精华,都可以变成妖怪。他因为惧怕黑暗而不敢入睡。很多时候,他都觉得院子前的两棵水杉是由妖怪幻化而成。

黑夜从山谷里涌过来,又浪潮般退回到山谷。光明重回村庄。明亮的光线透过窗子,把幽暗的房间照得斑斓多彩。无数粒尘埃在光柱里飞舞,像一束束山野间盛开的百合,轻盈而寂静。

祖母将泡好的糯米倒进甑子里,用大火蒸煮。晒干的稻草和松木在火焰中咧嘴大笑。熊熊火焰中,厨房里弥漫着糯米和溪水的味道。

蒸腾的热气把村庄从梦境里唤醒。

整个村庄被秋阳铺盖的黄金般的绸缎覆盖,火红的山楂在孩子们的手中游荡。那弥漫着旷野之气的八月瓜,已然变成了紫色,悄悄地咧开了嘴。孩子们从地上捡起赤褐色的栗子,秋天沉陷在孩子们的口舌之间。

糯米的香味在村庄上空奔跑,在山林旷野间飘荡。

正在捡栗子的堂哥，兴奋地丢下栗子朝家里飞奔。他嚷着要吃糯米粑粑。蒸好的糯米被祖母凉在木盆里，而炸得金黄的糯米粑粑已撒上翠绿的葱花，躺在铁锅里。秋天的滋味便藏在酸酸的山楂、甜甜的八月瓜、香香的栗子和金黄的糯米粑粑中。

被秋风镂空的植物，在田野里不停地变幻着身影。祖母从屋里挪出一只半人高的酒坛，把拌好酒曲的糯米倒进酒坛里，垒好窝，用和好的泥土封坛，最后将之安置在幽暗而隐秘的房间。酒坛下方垫着一层厚厚的稻草，稻草散发着阳光蓬蓬勃勃的气味。熟透的糯米和酒曲在坛子里交媾，发酵。

天气一天凉似一天，秋虫喧哗的啾鸣日渐沉默，水杉铁锈般的红色叶子，像蝴蝶一样翻飞。当夕阳像红色的铁环一样在群山的肩膀上滚动时，万物的影子，把村庄编织成了一座奇幻的迷宫。

森林的色彩从饱满浓郁过渡到黑白寂静，村庄被成群结队的落叶侵略。盆子里的麦芽狂野地竖起绿色的旗，态度坚决地与秋天对峙。祖母把麦芽剁碎，和玉米一起下锅熬煮。溪水在锅里腾起浓浓的白色烟雾，熏得人分不清东西南北。时光在烟雾里慢下来。麦芽水淹没了酒糟。在看似漫无边际的时光里，酒糟和麦芽水在密封的空间里撕扯、扭打、磨合，最后谁也离不开谁，不分彼此。

北风穿过森林和旷野,呼啸而至。寒意忽然从脚下的泥土里冒出。大雪忽来。村庄沦陷在一片白色里,群山迷失在雪花的低语中。黑黝黝的树干和白净的雪花交相辉映,渲染出一幅水墨画。背井离乡的人们纷纷从异乡归来。

亲人团聚的日子,炉火熊熊燃烧。祖母打上一壶黄酒在火炉上慢慢温着。壶嘴上的白色气流不断回旋。酒香在呼啸的北风里奔走,村庄醉意深沉。

雪一天天下着,酒一天天喝着,村庄一天天醉着,冬天一天天过去,祖母也一天天老去。

四

祖母从山上下来,提着一大篮猪草,黑色的泥土从她鞋子上剥落。

她不理我。早上,我任性地将她盛好的一碗粥倒掉,并一直嚷着要吃面条。她不依,我就开始哭闹喊叫。祖母低声哄我,然而并没有什么用处。她恼了,提着一个大篮子就上山了。

祖母不在,哭闹也就没有什么意思了。我坐在门槛上，孤独地等待祖母归来。

太阳照在篱笆上。篱笆旁金黄的向日葵、火红的石榴花和一些蓬头垢面的青色果实，此时都忧郁地躲闪着我的视线。祖母说，向日葵还没熟，不许摘它。我总是趁祖母不注意，踮起脚去够那个金黄的花盘，在花盘边上抠几粒葵花子。剥开硬壳后，里面空空如也。我重复着每天的失望和期待。向日葵叶子上的毛弄得我浑身痒痒。

祖母不在家，现在我可以去抠葵花子了。可是我却不想了。

祖母回来了。我老远就看到她提着一大篮猪草的身影。我想扑上去，告诉她我在等她，可是我没有。只是讪讪地坐在门槛上。

猪草被祖母从竹篮里倒出来。碧绿的叶上悬挂着露珠，散发出草木的芳香。祖母把它们摊开，以此来避免腐烂。我坐在门槛上，一动不动地看着祖母。

阳光溜进门槛，悄无声息地爬到祖母的肩上。祖母被太阳镀上了一层淡淡的金黄，花白的齐耳短发在金黄的阳光注视下变黑了，水波般的皱纹慢慢消失，脸上的皮肤光滑细腻如新生。祖母似乎回到了十八岁的模样。这是我从不曾见到过的祖母，熟悉而又陌生。

祖母回过头来冲我笑，还是那样的慈爱而饱含怜悯，却多了一点陌生的味道。祖母托着一包南瓜叶走过来。我怯怯地叫她。

我们并排坐在门槛上。

翠绿的南瓜叶里包着一捧鲜红的覆盆子。有几颗被压扁了，鲜红的汁液黏在南瓜叶上。祖母把它们放进碗里清洗，我把南瓜叶盖在头上，当帽子戴，脱了鞋子，在猪草上蹦来蹦去，并大声唱着祖母教给我的儿歌：

> 月亮走，我也走
> 我给月亮背包袱
> 一背背到老洼口
> 老洼口，结石榴
> 石榴树下一湾油
> 姊妹仨，赛梳头
> 大姐梳得光溜溜
> 二姐梳得像日头
> 三姐不会梳，
> 一梳梳个毛葫芦
> 大姐生个金娃娃
> 二姐生个银娃娃
> 三姐不会生，
> 一生生个癞蛤蟆儿

猪草上的露珠打湿了我的脚,我感到有些冷。我赤脚跑到院子里,院子里的泥土被太阳晒得暖暖的,覆盆子躺在清亮亮的水里,我躺在上午的阳光里,祖母坐在槐树的树荫下。酸甜的覆盆子和阳光一起被我塞进嘴里。

槐树上有雀儿在叫,祖母喊我过去看雀儿。我跑过去,雀儿呼啦一下飞走了,祖母说我走路的声音太响,把雀儿吓跑了。我感到有些困了,歪在槐树下睡觉,祖母在屋里剁着猪草,上午的阳光刚刚好。

初春的黄昏,槐树吐出一抹绿色的芬芳。我独自在槐树下玩泥巴,先捏个小人,再捏一个小碗。祖母缝的蓝花书包在槐枝上荡秋千。

天色渐晚,门上挂着那把快要生锈的锁,祖母还没回来。我爬上槐树望着已长满草木的小路,期待祖母的身影。一盏盏橘黄的灯将我从孤独的海里捞起来,我背着书包去了五姨家。

起火了,起火了。有人大声呼喊,刚从外面归来的姨夫,放下手里的茶杯就跑出去了。我跟到院子里去看热闹。

火从我家田里蔓延开来,附近的森林也被大火包围。五姨放下铲子从厨房里出来,叮嘱表哥和我好好在家待着,就拎着水桶和盆冲出了院子。

大火推迟了黑夜的降临。映在红色火光里的村庄像喝醉了酒，歪歪扭扭地隐匿在危险背后。火光让一切变得虚幻起来。

祖母和五姨一起回来了。大火被扑灭了。祖母的手上、胳膊上全是被火燎起的水泡。

回到家已是深夜，我把夜晚和大火都关在门外。我们没吃晚饭就睡觉了。祖母让我用香油调点药草汁液，用一根公鸡毛帮她上药。夜里，祖母辗转反侧，嚷着手疼得厉害。我感到不安和害怕，抱着祖母一直哭，央求她不要死掉。祖母无奈又好笑，忍着疼哼着儿歌哄我入睡。她的声音有不堪重负的沙哑，濒临崩溃的粗糙，伴随着儿歌的是她的叹息声，间或压抑的痛苦呻吟。

早上，当我醒来时惊异地发现祖母不见了。我扯着嗓子大声呼喊她，回答我的只有窗外的鸟鸣。我爬下床，赤脚在冰冷的地上走来走去，四处搜寻着她的身影，床底下、桌子下、门后、灶膛后，都没有她。

房间里，她所有的衣服都不见了，她用惯了的物什神秘地和她一起失踪了，就像她从不曾来过这个尘世一般，仿佛她的出现自始至终只是一个美好而温暖的梦。

被庇护的时光

一

妹妹带着大黄从外面回来，一身的泥，小脸上布满泪痕。一进门就问我："姐姐，他们说奶奶不是我亲奶奶，是真的吗？"大黄卧在我的脚边，看着我和妹妹，不作声，眼有泪光。

妹妹口中所说的奶奶，是我们的邻居。因母亲忙于劳作，时常把妹妹托于邻人照看。妹妹便理所当然地认为，邻居奶奶就是我们的亲奶奶了。

妹妹不记得我们的祖母，是情有可原的。祖母消失时，妹妹只有一岁两个月。这让妹妹怎么记得呢？

我寻出祖母的照片给妹妹看。那是祖母和我的第一张照片。照片中，祖母抱着几个月大的我，略显紧张地站在母亲身旁。大抵是祖母第一次面对照相机这个奇怪的玩意儿，有些无所适从，从她惊诧和不自然的表情中可以看出。

从照片猜测，祖母那时大概六十来岁吧。因是黑白照，我无法判断祖母那天穿的是什么颜色的衣服。这张照片，年代久远，没有过塑，因为保存不当有些地方已露出生活苍白的底色。

年仅四岁的妹妹，对照片兴致缺乏，随便瞥了一眼就去看动画片了。我拿着手里的老照片，一时不知说什么好。

当然，这已经是六年前的旧事了。

我的妹妹，她从出生起就不曾见到过祖父，祖父于她来说只是一个在语文书里出现过的陌生的词汇。

而祖母也只是个传说中的影子。她虽被祖母抱过、疼过，却无法真正记住祖母的样子。我猜想，当她听到祖母或者奶奶这个词时，她脑子里相对应出现的人应该是隔壁邻居家的奶奶。

无法想象，许多年后，当我们姐妹俩都有了子孙，坐在一起回忆往事时，我们的记忆里是不是会出现两对完全不同的祖父母？那时，我的妹妹，她又该如何对她的子孙后辈们说起我们的祖父母？

二

祖母身上有个秘密。

只是这个秘密在我幼年时,就已是公开的秘密。我虽未亲耳听人说起,但孩子的观察力是敏锐的。

记得我七岁那年的初夏,早早地起床,随祖父赶了一天的路,终于在下午抵达一户姓胡的人家。

那家人正在办喜事。祖父指着一个头发花白的老人,对我说:"这是太太。快叫太太。"我那会儿脾气上来了,硬是拧着不叫,逼急了,就说:"我太太早死了,他是哪门子的太太。"我看见老人的神色一下子衰败下来,仿佛蒙了一层霜,一时间,老泪纵横。祖父看着他,讪讪地笑,说:"你看看,这孩子,让你看笑话了。"老人并未责怪我,接下来的几天,对我加倍疼爱,可这疼爱中却多少有点讨好之意。

祖父带着我在那里住了两天。这两天里,我很快就和他们家的几个小孩打成一片,胡作非为起来。也有闹翻时,他们家的几个小孩便合起伙来欺负我。我打不赢他们,便去找那位老人告状。这期间,我一直不曾改口叫他太太。

两天后,我恋恋不舍地离开了胡家。那是我唯一一次去胡家。

好几年后，我才知道，那个老人是祖母的亲生父亲。我的祖母，她只是我曾祖父和曾祖母的养女。

祖母的父母因她是个女孩，生下她后，就把两个月大的她丢弃在山中，任由她自生自灭。祖母的一生就这样在她毫无意识时被改写。曾祖父是个富甲一方的地主，中过秀才。他与曾祖母成亲多年，一直未曾生育。在山中捡到祖母的他，把这个女婴看作是上天的恩赐，对女婴极尽疼爱，视如己出。祖母的身世，一直被隐瞒得很好。

几年后，祖母忽然生病，脖子变得又粗又大。曾祖父也未曾嫌弃，虽不断寻医问药，但一直未能治愈。

后来，祖母爱上了村里的一个小伙子。曾祖父极力阻拦，因那一家只有两个儿子，父母断不肯他做上门女婿。祖母约定和他私奔，可那夜，祖母没等来那个小伙子，却等来了曾祖父。

祖母大病了一场，病好后，祖父就做了上门女婿。

土改时，因曾祖父遗留下的产业，祖父和祖母被判为地主。家产被充公，并在全村游行、批斗，尊严全无。

祖父因此而怨恨祖母，这怨恨长达数年。多年后，祖父爱上了村里的一个颇为泼辣的寡妇。这个寡妇曾寻上门来，对祖母百般挑剔、指责、侮辱。祖父只是眼睁睁地看着这一切，一言不发。

我想那时的祖母心里一定很苦。曾祖去世后,祖母就是孤零零的一个人了,没有娘家,也没有兄弟姐妹给她撑腰,几个孩子尚且年幼。祖母擦擦眼泪,吞下心中的苦,起身去给嗷嗷待哺的孩子做饭。

直到胡家的人寻上门来,祖母身世的秘密才得以解开。那已是很多年后,祖母的几个孩子都已长大成人,已经熬过最艰难的年月。

祖母未曾料到,对她百般娇宠的曾祖父母只是她的养父母。她是一个生下来就被遗弃的弃婴。在她最艰难的时候,胡家人眼睁睁地看着她被人辱骂,被批斗,被像牲口一样对待,被丈夫怨恨、打骂,甚至被一个寡妇欺辱,也只是像陌生人一般隔岸观火,不肯出声安慰一下。

祖母这一辈子从未回过胡家。偶或有什么事,从他们村路过时,祖母亦是把头扭在一旁,不愿去看胡家所在的方向。

祖母的身世已成为她心里难以修补的伤痕。

我读初中时,已经从各种渠道打听到祖母的身世。班上有个姓胡的姑娘,我隐约记得,她就是胡家的后人。小时,我们曾一起玩耍过。

可我就是不和她相认,并常常挑衅她。我们一度势同水火,常有争吵。

三

我不曾见证祖母最美好的年华。我出生时,她已六十岁了。我几乎是她一手带大的。

我自幼体弱,生下来才两个多月便开始生病。我的病花光了家里所有的积蓄,还欠了一屁股债。

在父亲准备放弃时,祖母和祖父卖了全家最贵重的财产——大黄牛。

祖母常带着我四处求医,听闻白米村有个算命先生,算得很准,便带着我去请那位算命先生给我排八字。先生说我是数寄于生,得拜司晨官做干爹,才能逢凶化吉。

祖母得到算命先生的指示,回到家,就忙着张罗我的拜亲仪式。先是请先生看了个黄道吉日,又请人写了对联贴在鸡舍上。拜亲的前一天就早早地打扫好鸡舍,蒸上一屉馒头,再用胭脂点上喜印。第二天一早起来,给鸡舍贴上对联,摆上香案,放一挂鞭炮,又手把手教我上两炷香。

我就这么拜了司晨官做干爹。

自此以后,每日晨昏定省。早上,一起床,我就得跪在鸡舍旁,给司晨官磕头,晚上睡觉前还得磕。会说话后,我便开始边磕头边祷告:"鸡爹爹,求你保佑我身体火色（健康），莫生病。我们家一定把你好好供起来。"这些话，自然也是很多年后祖母说给我听的。每到逢年过节，给司晨官陈供品，自是必不可少，给那只公鸡开小灶亦是常事。

年龄稍长，与小伙伴一起玩耍时，常为此事遭到嘲笑。我因此一度对祖母心怀怨恨，每日吵闹，不肯给司晨官请安叩拜。

祖母虽溺爱我，却在这件事上十分认真，任由我吵闹，也不肯退让分毫。我在心里暗暗发誓，长大后，一定要把这只公鸡杀掉，大吃一顿，以解心头之恨。

直到我七岁那年，危机才终于化解掉。我再不用每日对着鸡舍磕头了。不久后，那只公鸡也死了，祖母把它埋在屋后的柿子树下，逢年过节去给它上炷香。

可我却依旧大病小灾不断，算命先生又说，我需得在我们家的东南方认个干亲才好。

祖母听后，又张罗着给我认下一家姓蔡的干亲。

忽有一年，有一个自称是基督教的传教士到了我们村。那人说，万物皆有灵性，只要入了他们教，他就传给大家一种法术，每日只要对着粮仓祷告半小时，粮仓里的粮食就会变多，不管生多大的病，祷告半小时，病就会好起来。总之，大意就是一切都有生命，万物皆有灵性，只要心诚，一切都会按照你的意愿发展。

传教士说得天花乱坠，许多人都落网了。祖母亦不曾幸免。

每个月需交两块钱的入教费。那时，一包火柴两分钱，一支铅笔五分钱，一袋盐也只需两毛钱。两块钱，意味着忙完农活的祖母每天早上黎明就要起床，吃完简单的早餐后，带着干粮，在乱石堆里挖野生黄连、葛根，摘下含苞待放的金银花，采出新鲜的"娃娃拳"，并摸黑把它们带回家处理干净，晒干，最后卖给村子里的一个小药铺。而这样的生活，祖母要持续整整一个春天。

祖母咬咬牙，入了教。终身未婚的二伯，也入了教。"你的病很快就会好了。"祖母说这话时，摸着我的额头，眼睛里绽放出明亮的光彩。此后的几个月，祖母和二伯费尽心力地想要验证传教士的话，并特意去买了一只廉价手表。他们满怀希望，日日祷告，虔诚地祈求上帝的眷顾。饭前，饭后，睡觉前，都要在一个不见人影的黑屋里做够半小时的功课。偶尔忘记一次，祖母便惶惶不可终日，生怕上帝以为她心不诚就不显灵了。

几个月后，我依旧病着，被二伯装在玻璃瓶子里的九十九粒做实验的玉米也不曾因为他的诚心祷告而多出一粒来。二伯和祖母始觉上当。二伯找到那人家里，把那人狠狠地臭骂了一顿。可入教的钱，却未能退回。后来，我读小学二年级时，那只落满灰尘的手表被我从一个玻璃瓶里翻出来，从此沦为我在小伙伴中炫耀的玩具。

很多年以后，当我读到马尔克斯在《百年孤独》中描写的吉卜赛人到马孔多的情景时，我的内心被一道奔跑着闪耀着往事的闪电所击中。我颤抖不已。这个传教士和吉卜赛人天马行空的想象如此相似，而我的祖母和当时布恩迪亚的反应如出一辙，拿出微薄的家业，费尽心力地试图把她的孙女从病难中解救出来。

四

偶有人来乡上放电影，祖母就深一脚浅一脚地带着我走很远的路。刚满一岁的大黄比我还兴奋，在前面跑得飞快，跑一会儿回过头来看看我和祖母，待我和祖母靠近它，它又开始新一轮的奔跑。有时等久了，大黄就跑回来围着我和祖母打转，不满地叫上几声。祖母是小脚，走起路来并不快。我人小，走起路来，就更慢了，更何况我常常耍赖，要祖母背。

那是露天电影，一般在乡上的中心小学或者中学的操场上播出。我们去得有些晚，凳子早就没了，就连操场两边的香樟树上也爬满了人。姑婆婆抢到了一个座位，祖母便和姑婆婆轮流着坐。

电影里放了些什么，早就忘了，只模糊记得我总是追着祖母问："这个人是好人还是坏人？"看到血腥暴力的镜头时，祖母便捂上我的眼睛。我扒开祖母的手指，从指缝中偷看。有人死掉了，浑身是血，接着就听到祖母和姑婆婆小声议论着什么。

我感到眼皮开始打架，渐渐地上眼皮和下眼皮胶在一起，慢慢闭紧。

回家时，祖母把我叫醒。我不耐烦地嘟囔着什么，想要哭。祖母把我背在背上。我渐渐清醒过来，整个村庄都沦陷在月光里，满天的星星怎么数也数不清，一群人举着火把说说笑笑回家。

火把被举得老高，一路上冒着青烟，跳动着红色的火苗。有人唱起了山歌，歌声嘹亮，身后是此起彼伏的群山的轮廓，像祖母剪的窗花，葱郁的山路曲折蜿蜒，蛙声和虫鸣不绝于耳，似在为歌声伴奏。我听到美妙的歌声在山谷里回荡，漾起一圈圈波纹，此起彼伏的犬吠让村子从睡梦中清醒过来，打个呵欠，转瞬又睡着了。路边的稻田散发着清新的味道，萤火虫在路边飞来飞去，我拼命地追捕它们，却总是两手空空。大黄紧紧跟着我和祖母，遇到别人家的狗，就冲上去和它们打声招呼，防止它们咬到我。

直到今天，我依旧记得那晚的月亮，就那么高高地挂在山顶，像一盏神秘的灯，照在我们回家的路上。月光清冷，把山照亮了，树照亮了，路照亮了。我们上山，它也上山。我们下山，它也跟着我们下山。祖母教给我一首儿歌：

我打花板正月正，

正月十五玩花灯。

我打花板二月二，

南瓜葫芦接下店。

我打花板三月三，

三匹白马进南山。

我打花板四月四，

四个令牌八个字。

我打花板五月五，

又是龙头又是鼓。

我打花板六月六，

六把扇子遮日头。

我打花板七月七，

七个县官坐一席。

我打花板八月八，

八个小孩弹棉花。

我打花板九月九,

久久重阳菊花酒。

唱着儿歌,和小伙伴疯着跑着,一会儿就到家了,抬头看看,月亮也跟着我们回家了。

我到底是被电影里的那个镜头吓住了,睡到半夜就开始不断做梦,呓语不断,又持续低烧。祖母不停地轻轻地抚摸我,拍打我,试图为我赶走梦魇,却都是徒劳。

黎明时分,祖母带着二伯去给我"喊魂"。二伯背着我,再次回到了看电影的操场上。祖母在操场上低声唤我的名字:"融雪,融雪……"我在二伯背上轻轻地应答。

五

我渐渐长大,开始迷恋文字,睡前必要读一段《红楼梦》才能安眠。读到尤二姐之死时,总觉得十分熟悉,细细回想起来,祖母在我和堂哥幼时便已讲过这段。

只可惜那时我和堂哥尚且年幼,祖母的故事讲完了,我们也听完了,不曾记住什么。只记得祖母讲完这段后,放声痛哭。那时,祖父已去世两年。

祖母哭得筋疲力尽,那是我第一次看到她如此伤心。我因为这哭声记住了童年中最重要的一个故事。

当我明白祖母讲的故事是尤二姐吞金而死时,我开始猜测:也许祖母读过《红楼梦》。我想找祖母求证此事,然而祖母已卧病在床,口不能言,我哪里敢用这样的事情打扰祖母休息呢?

祖母善歌。若在地里劳作的只有我和祖母两个人,祖母就会主动上阵。

我恍惚记得祖母喜欢唱《孟姜女寻夫》,具体是什么剧种,我不曾得知。祖母的嗓子很好,平常说话时,轻言细语,声音略带一点沙哑,透着一股慈爱与祥和。不知为何,唱孟姜女时声音却如裂帛般猛地凄厉起来,泣血般的吟唱在百转千回间句句含泪,字字带血。祖母唱着唱着就不由得滚下泪来。祖母最爱唱的一首歌,具体是什么名字我早已忘记。只记得这首歌连说带唱,歌声里藏着动人的爱情故事。故事的开端、发展、高潮、结尾都在这首歌里,如同听故事一般。许多年过去了,我只隐约记得一句歌词。我特地在网上查过,却什么也没查到。如有知道的,请告诉我这是首什么歌。这句歌词是这样的:

"大姐,大姐,倒碗水喝。"这句是男士说腔,接下来就是女士唱腔了。至于唱的是什么内容,我一句也不曾记住。

六

夏天,祖母在菜园里挖洋芋。因天太热,中暑了。到家后,就病倒了。

那年,我家正准备建新房,刚刚下了地基。

祖母病了两个多月,时常陷入回忆。有时正吃着饭,她忽然叫起祖父的名字来。我给她梳头发时,她又回到了小时候,错把我当成了曾祖母,抱着我撒娇,说:"娘,今天下雨,我不想去学堂,先生板着脸,老爱打我手心。"那时,我仅有十四岁,面对这样的祖母我常常手足无措。她有时看着父亲,嘴巴里却念着三伯或大伯的名字。

祖母清醒时和平时并无两样,总是操不完的心:地里的洋芋还没有挖完,苞谷也要收了,担心父母又要建房子又要做农活,忙不过来。每到中午时,祖母又挣扎着从床上起来,试图帮我做饭,但每次起来后都是一身大汗。我多次劝说,总是无效。因我做饭手脚慢,又不大好吃,时常被母亲骂。每次被母亲骂时,她都把责任揽在自己身上。

我做饭时,她坐在厨房的灶台前,帮我看火。我们边做饭边聊天,她开始回忆过去,说着说着声音便小了下去。火光映着她的脸庞,那曾经如满月般的脸日渐消瘦，并失去了光泽，浓密的头发，如今只剩下薄薄的一层。头发在好几年前就已全部变白。困扰她一生的大脖子也已变小，小到好像从来不存在一般。她靠在墙上，身体从内到外散发出疲态，这个操劳了一生的女人，把七个孩子养大的女人，在晚年视力已逐渐下降，曾把洗衣粉错当成盐，放进土豆片里。那松弛的上眼皮，在她睁大眼睛时仍能盖住她的眼睛，并对她的视力造成了不小的影响，为此，祖母在晚年不得不到乡卫生院里割了个双眼皮。她在月子里遗留下来的风眼病，复发的次数日渐频繁，每年冬天隔两三天就要将槐树枝烤热烙眼睛，并用槐树皮煮水洗眼。此刻，她在灶膛火光的光影里睡着了，眼睛微微闭着，并传出了轻微的鼾声。当我走近灶膛添火时，她又立即睁开眼睛，一脸戒备地望着我，仿佛从来不认识我一般，几分钟后，祖母又清醒过来，从地上拿起柴火填进灶膛里。

一个晚上，祖母忽然把我叫到床边，说："你跟你爸爸说，让他去算命先生那里给我算一下。"我感到奇怪，父亲就在隔壁房间，她喊一声就能听见，为什么非要让我在中间传话。"我说了，你爸又批评我。"祖母这样解释。

"有什么好算的？都是迷信。"我不满地嘟囔着走开了。

我问父亲："算什么呀？"父亲狠狠地瞪了我一眼。

几天后，我才知道祖母所谓的"算一下"是什么意思。在乡村，但凡人们感到大限将至，都会让后辈请算命先生算一下的，看老人最近几年有无孝期，有无灾星，身体是否能够康复。若有孝期，好早做准备。

祖母一定是觉得自己快不行了，才有这个请求。她不敢和父亲说，她怕父亲因此而批评她。

父亲从算命先生那里回来，安慰祖母，说："我说不用去算吧，先生说你这两年没事。"我看见祖母的脸上荡起了笑意。

可我夜里却听见父亲和母亲商量祖母的后事。

过了几日，祖母忽然觉得好多了，想下床走走。母亲扶着祖母来到堂屋，我正哄着妹妹玩。祖母伸手去抱妹妹，一向喜欢祖母怀抱的妹妹忽然照着祖母的脸，啪地打了她一记耳光。谁也无法去责怪一个一岁多的孩子这样的行为。祖母自嘲地说："人老了，小孩儿也嫌弃。"

祖母坐在我旁边，陪我看电视，时不时地问我几句剧情。我有时耐心地和她解释，有时说两句就不耐烦起来，态度很不好。祖母亦不作声，只是笑笑。

那几日，祖母忽然跟母亲说，想吃凉粉。母亲做好了凉粉，祖母又不想吃了。祖母让父亲给在外地的三伯打电话，说很想他和堂哥。三伯在我八岁时，搬家至外地，六年来只回来过一次。

祖母一直念叨着："你哥说要给我买糖喝呢，不知什么时候能喝到?"这话,是堂哥儿时的戏言。祖母却当了真,小心翼翼地珍藏了多年。

全家人见祖母有所好转,都松了一口气。

那天,堂姐见祖母好转,便请吃酒。大伯,二伯,四叔(本该叫四伯,但我自幼便学着堂哥叫四叔),父亲都去了。我去了外婆家。

家里只留下了母亲。

准备吃晚饭时,母亲忽然打来电话。

……

我不敢相信。祖母明明中午还好好的,跟我聊了很长时间,怎么可能一下子就没了呢?

天已黑透,我打着手电,哽咽着独自朝家赶去。林风阵阵,明月高悬,四周死一般的寂静,这条山路上只有我一个走夜路的人。想起祖母的音容笑貌,不由得号啕大哭,可又不敢相信母亲的话是真的。从不信宗教的我,此时一会儿念佛,一会儿念耶稣,不停地在心里祈祷祖母安好……

半路上遇见四叔。他是来接我回家的。

我这才相信,我亲爱的祖母真的走了。

…………

堂哥拎着糖和三伯一起赶回家时,祖母已从人间消失多日。

七

我赶回家里时,祖母平静地躺在床上,像许多年前的一个清晨。

记得那个清晨,槐花散发出的乳白色淡淡香气像一阵朦胧的烟雾,祖父做好了祖母最爱吃的槐花粥,命令我去叫祖母吃饭。

祖母的脚扭伤了,勉强能下地行走。那个早上,祖母也是像现在这样一动不动地躺在床上。

我叫了祖母很多声,祖母都故意不睬我。

晨光透过窗子上的塑料薄膜,把乌漆墨黑的小房子照成半透明的样子。祖母躺在床上,一言不发。我连叫多声后,学着电视里的样子,小心翼翼地去探祖母的鼻息。

我吓得号啕大哭,冲出房间,对着祖父大喊:"奶奶死了,奶奶死了。"

现在,这也一定只是祖母和我玩的一个小游戏,游戏结束了,祖母就会坐起来,继续给我讲故事。

失踪者

一

很多年前的一个下午,语文老师带着年幼的学生去春游。目的地并不遥远,不过是一公里之外的一条小溪。清澈的溪水在细石中轻轻流淌,发出风吹动草叶般的细微声响。小溪的一边是幽暗的森林,另一边是一条凹凸不平的小路。

这条小溪我并不陌生,反而相当熟悉,在无人看管的童年,我总是独自来此消磨时间。我的同学忽然凑到我身边,指着森林里的一个土包说:"你的堂妹就埋在那里。"同学所说的堂妹是三伯的女儿。两岁左右时,反反复复生病。三伯曾为她寻医问药,但治疗效果不佳,没过多久就夭折了。那一瞬间,春游带给我的新鲜感和兴奋的心情全部消退,只留下一个遥远而模糊的声音,伴着阵阵流水,让我感到压迫和恐惧。

村里的老人告诫我们:走在桥上、森林里,听到别人叫你,一定不要答应。我半信半疑,老人说:有一些还未成年就已经夭折的孩子,魂魄会在森林里四处游荡,如果答应了,你就不再是你。那个下午,我感觉森林里有一千零一个堂妹。四周都是堂妹的眼睛,堂妹的影子,堂妹的声音。

其实,年幼的我对堂妹没有任何印象。然而同学的那句话一直暗暗埋伏着,时常从课堂上、森林里、梦中、无人经过的小路上跳出来袭击我。从此,我害怕那样流淌着清水的小溪,害怕听见风吹动草叶的声音,更害怕幽暗的森林。森林里藏着一千零一个堂妹,也藏着无数个不为人知的秘密。

上学时,我必须独自穿行于一个看不清边际的森林,总是在四周磨蹭许久,快要迟到时大声唱着不成调的歌飞快地向前奔跑着,仿佛这样就能把未知的恐惧远远地甩在身后了。

长大后的我在异乡谋生,不再去想那片幽暗的森林,然而梦里却总是出现它的影子。梦里,森林依旧幽暗,四周漆黑一片,我孤身一人在森林里穿行。四周是那么安静,没有风声,没有溪水声,更没有虫鸣,那种让我浑身战栗的恐惧感再次席卷而来。我张大嘴巴,努力发出声音给自己壮胆,却发现一切只是徒劳,我无法发出任何声音。不远处的家灯火通明,我只是默默地向前走着，走着……堂妹的影子躲藏在每一处幽暗的褶皱里，埋伏在每一片绿叶身后。

堂妹叫什么名字呢？很多年后，我终于鼓起勇气询问母亲关于童年的隐秘，母亲回忆了许久，轻描淡写地说：不记得了。那个让我恐惧的身影，那个让我浑身战栗、不敢聆听溪水流淌的声音，害怕风吹动草叶的秘密，就这样消失在人们的记忆里。人们甚至早已遗忘了她的名字。

二十几年过去了，祖母早已离开了尘世，三伯远走他乡，三伯母在许多年前就已成为一个下落不明的失踪者，物是人非莫过于此，记得这个小生命的人都已不在中院村这块土地了。如今，是否还有人记得曾有这样一个小生命来这世上走过一遭？

二

三伯母是继堂妹之后从中院村失踪的第二个人。

她带着崭新的伤口从故事中出走，此后关于她的故事成为一颗颗悬挂在天边的星星，悄然地游走于人们口中。

我多次回想她消失前的那个夜晚，大脑中出现的画面始终带着一层薄薄的白雾,模糊而凌乱,像一个星辰满天的夜晚,一个人摸黑行走,看不清前方,却又有什么东西若隐若现。我在薄雾中搜寻,烤红薯,松油灯,四根连起来的手指,这些画面在白雾中一闪而过。

现在,我们一起重新从黑夜中打捞起那些泛黄的往事。

堂妹夭折后,日子还是那样清贫,像一束风干了的花,闻不到香味,看不到色彩。三伯依旧扛着补鞋机,走街串巷,十天半月回家一次,米缸快空了,三伯却半毛钱也拿不回来。

三伯母的右手天生与常人不同。她的右手只有大拇指,其他几根手指紧紧地和手掌连在一起,医学上叫这种病"并指畸形"。乡人把这样的手叫作"杈子"。"杈"在字典里指植物的分枝,然而在方言里,这个词却极具侮辱含义。在中院村,这个极具侮辱含义的词是三伯母的名字。我曾在大庭广众之下听到三伯这样称呼他的妻子。

三伯母为谋生计,外出做工,在离家几十里以外的地方结识了一个外形出众的男人。被长期打压的三伯母很快迷失在男人为她编织的美好蓝图中,并与他生活在一起。走街串巷的三伯听闻此事,带领一众亲友,将其抢回。

被抢回家的除了三伯母,还有一头大黄牛。亲友离开后,皮鞭挥动的声音在村庄上空盘旋,女人的号叫在漆黑的夜里奔跑,孩子扯着嗓子哭喊,断断续续的呜咽找不到终点……

三伯母闭门不出,一连好几天。堂哥变得格外沉默,不再和我翻花绳,不和我跳房子,他总是一个人坐在角落里发呆。

三伯母在床上躺了很久,终于出门了。村庄里,每一片绿叶都是偷窥的眼睛,每一处流水都藏着戏谑的目光。她们茶余饭后聚在一起,审查着村庄里每一个角落,没有什么秘密能逃出她们的嘴巴,尽管她们也曾是各种故事的主角。

那头身材匀称,体形漂亮的大黄牛很快被卖掉了。三伯满脸的笑意毫不掩饰,灵活的手指在纸币上贪婪地摩挲。家里的米吃完了,三伯扛着补鞋机出门了。三伯母的双手配合默契,土豆在手中翻转,露出黄色的皮肤。那个春天,堂哥总是吃着土豆煮豆角。吃得他脸色发青,眼泪汪汪,吃得三伯母咳嗽不止。

不到一年,三伯母再次失踪。我在这起失踪事件里扮演重要角色。

冬天躲藏在夜色中,屋后的森林在寂静中堆叠成黑色的阴影。过完年不久,三伯母邀请我去她家玩耍。尽管两家距离不远,但三伯母这种邀请的态度,让我有种被重视的惊喜。

推开门,火塘里的火焰噼啪作响。暗淡的松油灯下,三伯母正在给堂哥缝制棉鞋。寒风在村庄里呼啸而过,村庄陷入肃穆的寂静中。三伯母从火塘里翻出两个烤熟的红薯,分给我和堂哥。琥珀色的糖浆在冬日流淌,金黄的果肉被紧紧包裹在绯红的外衣下,节日般缤纷的香气在屋子里飘浮。红薯的外衣被她一层层撕开,我和堂哥乖乖坐在椅子上。

夜晚接近尾声时,三伯母让堂哥去祖母家取一个东西。堂哥出门后,三伯母拿出了一张烟盒里常用的锡纸。被多次折叠过的锡纸皱巴巴地躺在我手中,她的瞳孔里闪现出热切的期盼。锡纸的另一面是一个地址,我一字一句地读给三伯母听。她重复了几遍后,纸条被扔进了火塘里,化为灰烬。

炫目的白光穿过窗纸,照亮整个房间时,村庄里回荡着一个孩童伤心的哭喊。他不停地呼唤着:妈妈,妈妈。那是堂哥的声音。

三伯不止一次地追问我那个地址,但我早已忘得无影无踪。那个地址成为一个永远的秘密。我间接地让堂哥失去了母亲。

三伯母就这样消失在我们的生活中,成为一个模糊的影子。

有人说,曾在山东见过杈子。有人说,杈子出现在宜昌。还有人说,那个男人把杈子卖到了襄阳。众说纷纭,他们讨论这些时从不避讳堂哥。

从此,"杈子"这个词成为三伯母的代名词,没有人记得她原来的名字。而这个极具侮辱意味的词,也成为堂哥过不去的心结。

三

金黄的杏子在树梢荡秋千,闪闪发光的大枣藏在绿叶身后,青翠的栗包躲在祖母的竹篮里,咧开了嘴的八月瓜散发出田野的气息。我漫长的童年在这些香甜可口的果子上轻柔地摇晃。

我曾一度怀疑自己的身世,怀疑自己是个弃婴。这种怀疑起源于我四岁那年——母亲和父亲笑着告诉我,我是从山里捡回来的孩子。那时,年仅四岁的我已经明白什么叫绝望,什么叫难过,为此我绝食三天。后来,父母再三和我保证只是开玩笑,但怀疑的种子已经种下。青春期的我,不止一次地怀疑当年父母所说的话并非玩笑,而是事实。山里那个头发花白的老奶奶才是我的亲人。这种怀疑总让我浮想联翩，深陷于其中无法自拔。

当我渐渐长大，我总是在和母亲争执后，沿着一条无人经过的小径奔跑，仿佛这样，那些争吵、悲伤、怀疑都会被我远远地甩在后面。我多次上山，试图找到那位老奶奶，但每一次都是失望而归。

成年后的我，曾多方打听那个居住在深山的老奶奶，竟然无人知晓。这个陪伴我孤独童年的老奶奶就这样从我的记忆中消失。

当我终于沿着那条无人经过的小径，穿过潺潺的小溪，翻过连绵起伏的山脉，站在外面的世界，回首打量我的来处时，我怀疑一切是否真实发生过……

在我漫长的童年时期，我热衷于奔跑。在田埂上、小径上、院子里，拼命地奔跑。仿佛通过奔跑，可以进入另一个看不到的世界。

当我渐渐长大，总是在和母亲争执后，沿着一条无人经过的小径奔跑，仿佛这样，那些争吵、悲伤、怀疑都会被我远远地甩在后面。我一个人跑到很远的地方，再一个人慢吞吞地走回来。那时，祖母总拄着拐杖站在屋后的柿子树下等我。她的头发早已花白，背早已佝偻了。看到我后，她什么也不说，什么也不问，默默地陪我走回家。

我是她最疼爱的孙辈。我是她一手带大的,她对我的偏爱人尽皆知。我七八岁时不爱走路,去哪里都让她背。她真的就背着我去看春花,摘野果,就连外婆和姨妈也多次劝她:让孩子自己走,那么大的孩子,还背什么。她的背宽厚温暖,我是在她背上长大的孙女儿。

一个灰蒙蒙的清晨,我从梦中醒来,祖母也消失得无影无踪,再也找不到她的痕迹。

祖母也成为了大地上的失踪者。

我们都将成为大地上的失踪者,没有谁能改变这个结局。

童年的
江湖

我家院子的东南角连着一块无人打理的荒地，荒地里的野草常常不听指挥，一不小心就越了界。它们野心勃勃，一心想要拉上院子，一起落草为寇。祖母一早看出了它们的不良居心，时不时地对它们敲打一番。

那块荒地杂草丛生，野花乱舞，车前草、婆婆针、苦荬苣、艾蒿、灰灰菜、野山药、野黄连，随手可得。每天都有不知名的小花藏在草丛中飞快地开，飞快地谢，常有云朵和蝴蝶在此驻足，清风拂过时，摆动的草叶发出的细碎声音，像小溪的汩汩流水声，时而清脆，时而低沉。草丛里有数不清的蚂蚱、知了、蛐蛐、天牛……这块草地是我和堂哥的乐园。我们在这里一待就是大半天，只为了采几朵花，捉一只蛐蛐……

忽有一个阳光普照的上午，堂哥拿了把快要生锈的小镰刀去割荒地里的杂草，几只蟾蜍冷不丁地暴露在阳光下，受惊般蹦跳着走开了；几只蚂蚱惊慌失措地展开一双双青绿色的翅膀，呼啦啦飞走了；一群麻雀站在电线上吵吵嚷嚷地咒骂着堂哥。堂哥的小脸涨得通红，杂草的汁液把他的手染成了青绿色。堂哥无情地将被割断的杂草扔在身后。那些草，不一会儿就蔫了。我眼睁睁地看着那些好看的小花被堂哥毁灭，不懂堂哥到底要做什么。

堂哥割完草后拖来几个树桩，信誓旦旦地要做几个梅花桩，供他以后练习武功。我兴奋极了，之前的郁闷也一扫而光。可我们两个兴致勃勃地忙了半天，却连一个梅花桩也没做好。晚间，三伯从地里回来，堂哥殷勤地给三伯装上一锅旱烟，点着火，爬到三伯身上，扭麻花般求三伯给他做个梅花桩。三伯眯着眼，吸口烟，靠在椅背上吐了口长长的叹息般的烟圈。堂哥被熏得咳嗽了两声。

三伯终于在一个阴沉沉的下午做好了梅花桩，十二个木桩排成两列，像两队严阵以待的侍卫在守护着什么。

我和堂哥兴奋地在梅花桩上小走。一不小心从梅花桩上摔了个满嘴泥，我趴在地上哇哇大哭，就是不肯起来。堂哥过来扶我，我也不理他。三伯母闻声而来，把我抱进屋里，给我洗脸，这才发现我那略有松动的大门牙已被摔掉。三伯从堂屋经过，看着我的嘴，故意逗我说："呀，大门牙掉了，说话漏风，以后说不清楚话，嫁不出去了。吃的饭也会从这里漏掉，一粒米也进不了肚子,好可怜呀。"说完,兀自干瘪地哭泣了两声。三伯哭得干巴巴的,一听就是假哭,可我想着以后嫁不出去,要做一个老姑娘就伤心极了,又担心饭真的会漏掉,只觉得自己是个可怜的倒霉蛋。我伏在三伯母肩头,哭得上气不接下气。三伯母顺手抄了把笤帚,朝三伯跟前扔去,口里嚷着:"刚好一点儿,又来,快走快走。"

三伯灰溜溜地走了。三伯母哼着好听的儿歌,有节奏地拍打着我的背。不一会儿,我的眼前就模糊了起来,只觉得眼皮上压着千斤顶,重得很,累得睁不开眼。

从此,堂哥每日饭前都要在梅花桩上练会儿功,先是扎马步,蹲一会儿下来喘口气,再上去蹲。三伯母叫他吃饭,总是叫不应,得拿着削好的树条去请,他才不情不愿地下来。堂哥有时也喊我一起扎马步,那时我正担心自己以后嫁不出去,说什么也不愿跟着堂哥练功。堂哥边扎马步边向我描绘美丽蓝图:"咱以后武功练成了,就打遍天下无敌手了,谁敢打你,我伸出一根手指头就把他掐死。""哥,那我妈打我咋办呢?"堂哥看看我,不说话,那样子颇有几分惆怅。

堂哥见我不能和他一起走梅花桩,格外寂寞,时不时从梅花桩上下来碰我一下。我心情好时就不理他,心情不好时就去和他打一架。兄妹俩常常鼻青脸肿，浑身是泥。堂哥天天缠着怀孕的三伯母要一个弟弟，好陪他走梅花桩。几个月后，三伯母终于分娩了，是个妹妹。堂哥很失望，我却很高兴。可小堂妹出生不到两岁就夭折了。堂哥似乎一下子懂事了很多。

然而堂哥照旧是每天都要练武的，只是比以往安静了许多。每天早早起床，将沙袋绑在脚上，绕着院子晨跑。据说很多人这样练习，后来就练得一身好轻功了。有段时间，我也兴致勃勃地参加，每日早起，跑步，练拳，扎马步。父亲一度扬言要送我去少林寺习武。热情劲儿过后，我是怎么也不肯起那么早了，每天早上早早地醒了，躺在热乎乎的被窝里，看土坯墙因干枯而自然裂开形成的壁画，是一件多么有趣的事呀，我常常在墙上发现仙女、侠客、小兔子……我实在不明白堂哥为何每天早上都那么早起床，听着堂哥发出像武侠片里打斗时发出的"哼哈"声，眼皮越来越重。

有一年，我和堂哥在后山上发现一座只剩下两面石墙的小破房子。我们一度以为那座破败的房子是一个武林前辈遗留下来的，也许那个前辈还是个十分厉害的大侠。我们约定这件事是我们的秘密，谁也不能告诉。我和堂哥对这个猜想深信不疑，并因我们拥有的这个秘密而保持着长时间的兴奋。我们时常带着自己的武器溜到山上去。"说不定我们会遇到那个武林高手,他见我们如此诚心,又这么有天赋,一定会传授我们几招的。"堂哥信誓旦旦地说。

堂哥拿着自制的木剑,比画了两招自创的武功招式,那样子颇有几分威仪,像一个小侠客。我没有木剑,顺手拿起一把镰刀,跟在堂哥后面,奋力朝山上爬去。我们自然是无缘遇到武林前辈的,把那间破屋里翻了个底朝天,只翻出半本书来。那本书没有封面,书页潮湿,书中有几张人物画,可画上的人物样貌不详,服饰简单,因此我和堂哥断定这本书绝不是美术书。画上的人时而腾空而起,时而俯身低首,时而张手踢腿,做着些奇奇怪怪的动作。我们判断:"这一定是一本武功秘籍。"

我们为了这本"武功秘籍"的归属问题狠狠地打了一架,最后决定一起练武。我们要独霸江湖,做两个一等一的大侠,可这本"武功秘籍"由谁保管呢?继续放在小房子里肯定是不行的,那就只能带回家去。藏在哪呢?我和堂哥都怕对方偷练"秘籍"上的武功,先自己一步成为高手。我们决定打一架,谁赢了就交给谁保管。可当我看见堂哥猫着腰,准备把"秘籍"带进他家房子里藏起来时,我又反悔了。堂哥缠不过我,只得又和我重新商议。

最后我们决定把"秘籍"埋在地里,每天练功时把"秘籍"挖出来。为了防止蚯蚓这个坏东西偷看"秘籍",我特地回家偷了我妈两块花布和一个酸菜坛子。为此,还挨了我妈一顿揍,但我很有大侠气节,守口如瓶,我妈至今仍不知道那两块花布和酸菜坛子到底去了什么地方。"秘籍"被我们用花布包得严严实实,放在酸菜坛子里,埋在院子东南角的荒地里。我们一度紧张兮兮,十分害怕这本"秘籍"会引来武林高手对我们的追杀。我们曾私下商量过应对之策,结果是兄妹俩跪在堂屋,对着毛主席画像郑重起誓:要誓死守卫"秘籍",决不能让它落入敌人手中。具体发下的誓言我已记不太清了,大意如此吧。

从此,我和堂哥每日打起十二分的精神,一有个风吹草动就拿起武器四处巡逻。好几天过去了,也没有人寻来。我们决定早早地将大功练成,这样就不怕追杀了。

每天练功时我就和堂哥悄悄地把酸菜坛子挖出来,练完功再埋进地里。几天后,"秘籍"上竟有一股子酸菜味。我们日日照着书上的图画认真地练习,一心想要练成两个武林高手,就连行走江湖的名号都想好了,叫"万峪双雄"。万峪是我们村所在的那个乡镇的名字。至于个人的名号嘛,我们决定仍用祖父取的,堂哥就叫"黄鳝大侠",我叫"蚂蟥仙子"。堂哥很淘气,时常调皮捣蛋，挨揍时跑得飞快，怎么也抓不住他，因此祖父给堂哥取名"黄鳝"，取滑不溜秋之意。我爱黏人，时常黏着大人要抱，因此祖父给我取名"蚂蟥"。

"武功秘籍"上所画的招式颇为简单，不到半个月就已练得差不多了。我和堂哥天天在村子里叫嚣，希望来俩小毛贼让我们"万峪双雄"小试身手，然而村子里此时并没有同龄的孩子，我们这两个大侠只能互殴试试身手。

姑婆婆的两个外孙终于要来了。我和堂哥商量好，只要他们一来，就给他们来个下马威，让他们尝尝我们"万峪双雄"的厉害。那天下午，小栎和小飞兄弟俩跑来找我们玩。我和堂哥寻了个由头把他们带到后山脚下，然而"武功秘籍"上的招式完全不管用，我和堂哥被他们兄弟俩打得落花流水。堂哥一怒之下，把"武功秘籍"狠狠地骂了一顿，并把它撕毁。从此，"武功秘籍"沦为了"黄鳝大侠"的手纸。

堂哥的梅花桩练了一年多时，三伯母声称外出打工，从此下落不明。堂哥练功的时间越来越少。幼小的他开始自己学着生火、做饭、洗衣等家务事和农活。我记得堂哥生火做饭时，不时被熏得眼泪直流，但总是倔强地咬着嘴唇的情景。堂哥做好饭后就去练武。天很快黑了下来，他一个人孤独地坐在门槛上等三伯，灰一块儿白一块儿的脸像个小花猫。月亮出来了，院子被照得亮汪汪的，门槛上那个孤独的身影蜷缩在无尽的黑暗里，几声犬吠后，三伯扛着补鞋机回来了。农闲时，三伯帮人补鞋挣些外快。

一年后，堂哥随着三伯南下，去了襄阳，并在那里安家落户，早早地结束了他的童年。我家也在两年后搬离旧址。其间，堂哥回来过几次。他已不再练功，我仍旧做着武侠梦，那时，小学六年级的我正发动全班同学一起创作一本叫《鸳鸯蓝华剑》的小说。我极力邀请他拜读我那部尚未完成的书稿，也许是故事太过拙劣幼稚，不一会儿，他便呵欠连天。我们都在慢慢成长，只是他早已告别幼时的江湖，以肉眼看不到的速度在他乡快速长大。我试图挽留那个江湖，但只是徒劳。我们的交流除了一些普通的对话外，再也无法深入。

后来，三伯病倒，无力供他读书。名列前茅的堂哥初中未读完就已辍学在家，照顾病父。三伯身体略好后，堂哥便收拾好行囊，拜了一个厨子为师。从此，起早摸黑，受尽种种欺辱和不公平待遇。勤学苦练的他，几年后再次回来，已能将我赶下灶台，用几种简单的菜蔬做出一桌子色香味俱全的菜肴来招待客人，还含笑说："都是妹妹做的，我只是给她打下手。"

多年后，三伯母带着六岁的女儿寻了回来。一度在小镇上闹得沸沸扬扬的失踪事件的女主角再次回到风暴中心，有好事者津津有味地打捞起曾被遗忘的记忆，事情在此时终于真相大白，三伯母的下落不明是策划已久的事件。彼时，十八岁的堂哥早已告别童年，告别江湖，独自走过种种不可估测的悬崖，成为一个帅气的小伙子。这十年时间里，他的母亲缺席了无数次他生命中极为重要的时刻。三伯母声泪俱下地述说着种种思念与不易。堂哥不愿原谅她，只是强装冷漠含着泪唤她名字"王平"，极力克制自己的情绪，尽量让自己看起来风轻云淡。他与三伯母的交流像两个陌生人在寒暄。

三伯母带着妹妹与三伯重新生活在一起。三个受伤的人，因时间遗留下的伤痕太深，无力抚平，种种无法磨合的因素在岁月里现出原形。半年后，堂哥平静地对大吵中的父母说："你们还是离婚吧。"于是，重享了半年母爱的堂哥再次失去了母亲。后来，听说三伯母靠卖菜度日。堂哥那可以撒娇、哭泣的美好童年，在三伯母远走他乡下落不明时，就已画上句号。

我最近一次见到堂哥是在三年前。他准备买房结婚，钱不够，回来向我父亲借钱。我向他提及幼时的糗事，提及那两排梅花桩和"武功秘籍"，他尴尬地摸摸鼻子，极力回想，但最终以"不记得"结束了这次谈话。我提出回老房子看看，他欣然应允，只是时间紧迫，一天后，还未去看便又匆匆辞去。

我们各自带着彼此未知的命运走向时间的洪流。

…………

后来,我和母亲一起上山,从那间破败的小房子前经过,出声询问,才知道这个所谓的武林前辈遗留下的房子其实只是父亲年轻时在此酿酒留下的小酒坊,而那本"武功秘籍"大抵是《健康与体育》之类的书吧,我们练习的武功招式居然是上学后每天要做的广播体操。

而此时,堂哥已为人父,我也开始准备组建自己的家庭。我们各自沉浸在自己的幸福中,很少联系。

去岁冬天,我回去给祖父上坟。曾经的房子因无人居住已渐显老态,三伯家的房子早已倒塌,院子里的荒草肆无忌惮地疯长,东南角的那块荒地里的杂草面黄肌瘦,黄色的茅草和艾蒿凌乱地匍匐着。梅花桩和酸菜坛子,怎么也寻不到了,像不曾有过一般,没有一点存在过的痕迹,童年的那个江湖一下子模糊起来,像做了一个很长的梦,醒来,枕上清凉,窗外月寒露重,人事俱非。让人不由得怀疑它的真实性。

一阵风吹过,草丛里发出萧瑟的细碎的响声,像风的声音。几株干枯的艾蒿在风声里晃了晃身子,转瞬又归于平静。不知何时,荒地里长了两株梧桐,几片枯黄的树叶零星地挂在树上,风吹过,就和黄昏一起摇摇晃晃地落了下来。